小学館文庫

なぎさの媚薬 2

追憶の課外授業

重松 清

JN282238

小学館文庫

カバーデザイン　吉田篤弘・吉田浩美

なぎさの媚薬　2

追憶の課外授業

1

初日は、飛行機の中で眠れなかったから、ということにした。二日目の夜も、昼間のダイビングで疲れたからというのを口実に、早々にベッドにもぐりこんだ。

早朝からオプショナルツアーを目一杯組み込んだ三日目は、うまいぐあいに新妻の翔子《しょうこ》のほうがシャワーを浴びると急に眠気に襲われてしまい、そのまま――ですんだ。

四日目。さすがに、これ以上引き延ばすのは無理だ。翔子も心待ちにしているのか、ディナーのときに研介《けんすけ》がワインをお代わりしようとしたら、「飲み過ぎると眠くなっちゃうわよ」と言って、微笑《ほほえ》みを浮かべていた。

ディナーのあとは、宿泊客専用のこぢんまりとしたカジノに寄って軽く遊んだ。胸元や背中の大胆に空いたドレスを着こなす欧米の女性観光客に、小柄な翔子は少し気《け》おされながらも、バカラのテーブルに並んで座る研介の腕に自分の腕をからめ、胸を軽く押しつけて、目が合うと、レストランで見せたよりも妖艶《ようえん》さの増した微笑みを浮かべた。

部屋に戻る。ハーバービューの、ラグジュアリースイート――四泊五日の滞在。

ルームチャージだけで研介の二カ月分の手取りがとんでしまう、二十六歳のサラリーマンには分不相応の部屋だったが、「一生に一度のことなんだから」と翔子の両親が旅行費用をそっくり出してくれた。娘の新婚初夜の舞台を親がお膳立てする、その感覚が、正直言って研介にはわからない。だが、強くは言えない。明日、日本に帰国してから暮らすマンションも、翔子の両親が頭金を支払っている。

資産家の一人娘だ。「目の中に入れても痛くない」というのは決して言葉の綾《あや》ではないんだと、翔子の両親を見ていると、つくづく実感する。披露宴のあと、「研介くんはウチの箱入り娘を、箱ごとかっさらっていったんだからな。頼むぞ、幸せにしてやってくれよ」と目を真っ赤にして言う父親の和臣《かずおみ》と交わした握手がひどく痛かったのは、感極まって力が入りすぎたというだけではないのだろう、きっと。母親の和歌《わか》子《こ》が「とにかく翔子を泣かせるようなことはしないでくださいね」と軽くにらんで笑った、そのときのまなざしは、むしろあとになってからじわじわとこっちに迫ってくる。

翔子は「あー、疲れちゃった」とソファーに倒れ込むように腰を下ろし、カクテルドレスの裾《すそ》が乱れるのもかまわず——いや、たぶんわざと、脚を組んだ。

「ねえ、研ちゃん」

「……なに？」

「シャワー浴びて来なさいよ、先に」

歳は一つ下なのに、翔子はいつも、やんわりと命令するように研介に言う。本人には「命令」しているという意識はなく、ごく自然に、まなざしや言葉が上から下へ注がれるのだ。

研介には、そういう物の言い方を許してしまうところがある。控えめでおだやかな性格の持ち主だ。一緒にいる相手よりも、つい一歩下がってしまう。そして、翔子のような女性は、そんな性格を瞬時に見抜く才能を持っているのだろう。猫が部屋の中でいちばん居心地のいい場所を素早く見つけるように、翔子は、世の男たちの中から研介を選んだのかもしれない。

スーツケースから着替えの下着を出してバスルームに向かう研介を、翔子は苦笑交じりに見つめる。

「……どうした？」

「ううん、べつになんでもないけど、こういうところ、いかにも研ちゃんだなあって思って」

「こういうところ、って？」

「シャワーのあとにパンツ穿《は》かなきゃいけないのかなあ、こんな夜に」

笑いながら、研介を軽くにらむ。研介はぎごちなく笑い返し、翔子の視線を振り払うように歩きだした。

総大理石のバスルームに入り、ドアに鍵を掛けると、ため息が漏れた。服を脱いで、洗面台の鏡に向き合った。学生時代にテニスで鍛えた体は、まだじゅうぶん若さを保っている。腹筋はきれいに割れているし、腕を曲げると力こぶもできる。

だが、ペニスは陰毛の茂みに身をひそめるように、縮こまっている。そっと手を伸ばし、指でしごくように触ると、かろうじて固くなる。しかし、指を離すと、あっけなく萎《な》えてしまい、だらんと垂れ下がる。

半年前、翔子の実家と結納を交わした頃から、おかしくなった。しばらくはだましだましセックスをつづけていたが、新居のマンションに引っ越しを終えた一カ月ほど前から、完全にだめになった。

以前の猛々《たけだけ》しさを取り戻しそうな気配は、今夜も――ない。

＊

ボディソープを泡立てて、股間に塗りつけた。指でペニスをまさぐると、やわらかでなめらかな感触がペニスに伝わる。快感が亀頭《きとう》の先から雁《かり》の下、睾丸《こうがん》をへて、肛門のひだへと滑り落ちる。だが、それだけだ。ペニスは確かに固くなっていても、根元から突き上げてくるような高ぶりがない。張りぼてだ。中身がからっぽの勃起《ぼっき》にすぎない。

だから——熱いシャワーでボディソープの泡を洗い流したあとのペニスは、もう萎《しな》びてしまっていた。

＊

バスローブを羽織って部屋に戻ると、翔子はカクテルドレスを着たままバルコニーに出て、港の夜景を眺めていた。

「研ちゃん、こっちに来て。星がすごくきれいよ」

「……うん」

「あ、そうだ、部屋の明かり消してきてくれない？」

振り向いた微笑みは、ぞくっとするほどなまめかしかった。

言われたとおり部屋を暗くすると、バルコニーの翔子は夜の闇に半分溶け込んでしまった。研介もバルコニーに出た。南国特有の、ねっとりとまとわりつくような潮風が頬を撫でる。

「ねえ、研ちゃん。パンツ、やっぱり穿いてるの？」

また、なまめかしい笑みを浮かべる。研介は黙ってうなずき、しぐさだけでは伝わらないと思い、無理に苦笑して答えた。

「スースーして落ち着かないんだ、パンツがないと」

「そう？」

「ああ……」

「わたしなんか、全然平気だけど」

ほら、と翔子はドレスの裾をつまんでめくり上げた。ふくらはぎと、太股《ふともも》と、それから、剝《む》き出しになった尻のまるい曲線が、横から見えた。

ふふっ、と笑った翔子は、幼い女の子がお医者さんごっこをするように、ドレスの裾を両手でつまんで、おなかのほうまでめくり上げた。研介の正面に向きを変えると、闇に浮かぶ下腹の白い肌と股間の茂みも、あらわになっていた。

「溜まってるでしょ、研ちゃん。ずうっと、してないから」

「……いや」

「忙しかったもんね、式の準備で。でも、もうだいじょうぶよ、ゆっくり、できるよ」

翔子はドレスをめくったまま手すりに背中をもたれかからせて、パンプスを履いた脚をわずかに開いた。

「ねえ、キスしてよ、あそこに」

甘えた声だった。しかし、凜《りん》とした威厳をたたえた声でも、あった。

研介はためらいながらも、翔子の前にひざまずく。首を伸ばし、顎《あご》を突き出して、茂みに鼻先を当てた。シャワーを浴びていない股間は、蒸《む》れた汗くささをまとわりつかせていた。その奥に、かすかに、おしっこの塩辛いにおいも嗅《か》ぎ取れる。

口を付けた。最初は唇をすぼめた普通のキス。茂みに隠された割れ目をノックするように、つん、つん、と場所を変えてつつく。最初のうちはくすぐったそうに笑う翔子の息づかいが、やがて微妙にくぐもって、湿ってくる。ドレスの裾がぱさりと落ちて、研介の頭にかぶさった。翔子はシルクの布地越しに研介の髪をまさぐりながら、「もっと……」と言う。

研介は胸いっぱいに息を吸い込み、「あ」を発音するときのように口を開け、上下の唇で茂みをふさぎ、舌を大きく動かしていく。

割れ目に沿って、上から下へ。逆に、下から上へ。割れ目を押し広げるように左右に。割れ目の奥へ差し入れたあとは、じらすように、茂みを舌先でこする。

息苦しくなっても、口を股間からはずすことはできない。翔子の両手が、研介の頭を股間に強く押しつけている。

舌を動かしながら、鼻で息を継いだ。酸味と苦味が交じり合ったようなにおいがする。生臭い。女のにおいだ。少女のような童顔をしていながら、翔子はセックスの経験が豊富だ。研介よりも、ずっと。

舌に、とろり、としたものが触った。割れ目の縁がゆるみ、舌がまだ届かない泉から、甘い蜜《みつ》が湧《わ》き出してくる。

翔子は研介の頭を押さえていた手を浮かせ、「もういいから」と言った。研介はほっとして唇をすぼめ、蜜を啜《すす》ってから、顔を離した。

「ねえ、研ちゃん……どう？」

訊《き》きたいことはわかるから、研介はなにも答えない。

「だめなの？」

黙っていることが、答えになる。

翔子はもどかしそうに「もうっ」と唇をとがらせ、「ちょっと立ってみて」と言った。

「……うん」

立ち上がると、「バスローブの前、広げて」と言われた。

拒めない。腰紐《こしひも》をはずし、裾をはだけた。穿き替えたばかりのブリーフの股間は、こんもりと前に突き出していた。

そのふくらみを値踏みするように見つめた翔子は、「いいじゃない」と笑った。「できそう？　だいじょうぶ？」

「……わからない」

「自信がないっていうのが、いちばんよくないんじゃないの？」

「でも……わからないんだ、ほんとに……」

「したくないの？」

「そうじゃないけど……」

「じゃあ、なんでできないのよ！」

感情が激して金切《かなき》り声をあげる翔子に、研介は、ただひたすら、「わからないんだ」を繰り返すしかなかった。

「新婚旅行で勃《た》たなくて、いつ勃つわけ？　あなたのここ」

翔子は、ブリーフのふくらみに目をやったまま、「手でしてあげてもいいけど……」と言った。

だが、それはいままで幾度となく試してきたことだった。手だけではなく、口でも、だめだった。翔子も半ばあきらめているのだろう、そのまま憮然《ぶぜん》とした様子で部屋に戻り、ベッドルームに入ってしまった。

「なにしてるのよ、早くこっちに来なさいよ」

研介はバスローブの裾をかき合わせ、言われるがまま、ベッドルームへ急ぐ。

翔子は天蓋《てんがい》付きのベッドの真ん中に寝そべっていた。仰向けになって、股を大きく開き、右手の人差し指と中指で股間の割れ目を押し広げて、研介を迎えた。

「見なさいよ、わたしのここ。きれいでしょう？　入れたいでしょう？　ペロペロしたくないの？　したいでしょう？　しなさいよ、ほら、早く」

腰を揺すって誘う翔子に応えて、研介は四つん這《ば》いになってベッドに上り、犬が餌《えさ》のにおいを嗅ぐように、翔子の股間に顔を埋めた。

「舐《な》めて……自分で、しごいてみなさいよ……」

言われたとおり、右手をペニスに添えた。翔子の泉を舐めながら、右手を前後に動かした。だが、ペニスは申し訳程度に固くなったまま、それ以上の高ぶりを見せようとしない。

蜜を啜った。舌先に載せた蜜を、肛門につづく狭い谷間へこすりつけた。目をつぶる。

右手に包まれたペニスは、すでに、力なく萎えてしまっていた。

＊

翔子は、〝あのひと〟に似ている。そう気づいたのは、結納を交わした日――着物姿の翔子を初めて見たときだった。

美容院で和服に合わせたメイクをしてもらった翔子は、ふだんとは微妙に印象が違っていた。おとなびている。本人は「演歌の歌手みたいじゃない？」と不満げだったが、若々しい奔放さの代わりに、しっとりとしたおとなの女性のつややかさが漂って、結納のために上京してきた研介の両親も「きれいなひとじゃ」「ほんまに、ええ娘さんやねえ」と褒めちぎっていた。

研介は逆に、まるで差し引きの合計を保つように少し若返った気分になる。髪を上げたうなじの線のやわらかさに、少年のように胸がどきどきする。いまにして思えば、それも――〝あのひと〟と再会するための伏線になっていたのだろうか。

結納はつつがなく終わった。そのまま両家の食事会になり、酒が入ると、座は翔子の両親の独壇場《どくだんじょう》になった。二人が交互に口にする億の単位のビジネスの話に研介の両親は気おされどおしで、ひたすら追従《ついしょう》の相槌《あいづち》を打つだけだった。

研介は少し憮然として、ふと翔子に目をやった。

翔子は窓の外を眺めていた。いままでに見たことのない、醒《さ》めた横顔だった。

そのとき――“あのひと”がよみがえったのだ。記憶の奥底に封印していたはずの“あのひと”の、厚みのない、うつろなまなざしが、胸をえぐるように浮かび上がってきた。

今日までずっと、そのまなざしに囚《とら》われている。翔子を抱きしめると、“あのひと”が遠くから見つめてくる。目をそらしても無駄だ。翔子は“あのひと”と同じまなざしをしている。

俺は“あのひと”に復讐《ふくしゅう》されているのかもしれない。

いまは本気で、そう思っている。

2

研介が“あのひと”のことを知ったのは、中高一貫の男子校・S学院中等部に通っていた頃だった。“あのひと”は、高等部の英語教師だった。まだ二十代半ばの若い教師で、正式に採用された教員ではなく、非常勤講師の扱いで教壇に立っていた。学校に来るのは週に三日だけで、しかも高等部の校舎はグラウンドの向こう側なので、中等部の生徒との接点はない。

なのに、〝あのひと〟は中等部の誰もが知っていた。有名だった。大きな声で言い交わすのではなく、そっと耳打ちして、にやりと笑う、そういう種類の——学園のマドンナだったのだ。

「嘘だろ？」

初めて〝あのひと〟の噂を聞いたとき、研介は端《はな》から信じようとはしなかった。二年生から三年生に進級する、少し前——一月。

「嘘じゃないって、俺、兄貴から聞いたんだから」

中等部に〝あのひと〟の噂を広めた林の兄は、高等部の一年生だった。

「でも、おまえの兄ちゃんだって噂で聞いただけなんだろ？」

「聞いただけでも、ほんとなんだ、絶対に」

「そんなの、信じられねえよ」

研介は笑い飛ばした。常識で考えれば、とてもありえない話だった。だが、林は真顔で「ウチの学校だったら……やりかねないだろ」と言う。

研介もゆるんだ頬をぎこちなく引き締めて、「まあな」とうなずいた。確かにそうだ、と思う。やりかねない。ほんとうに。

当時——いまから十二、三年前のS学院は、二流の下クラスの進学校から押しも押されもせぬ全国区の進学校へと脱皮を図っている最中だった。もともとは郊外の私立校らしくのんびりした校風だったのが、数年前に理事長が交代したのを機に、校内の空気は一変した。よく言えば「がむしゃらに」、悪く言うなら「なりふりかまわず」、東大や一流私大の合格者の急増を目指すようになったのだ。

中高一貫教育のメリットを活かし、中等部の頃から大学受験を視野に入れて勉強漬けにする。授業についていけない者は容赦なく切り捨てられ、その代わり、学校の名を高めうる成績上位の生徒は徹底して優遇される。学費免除に奨学金の支給、現役で東大か慶應の医学部に合格した生徒には車がプレゼントされる、という噂もあった。

〝あのひと〟も、そんなS学院の方針に基づいて採用されたんだ——と林は言う。

「ごほうびだよ」

「……どういう?」

「全国模試で成績がよかったら、名前と学校が成績優秀者名簿に載るだろ。そうしたら、ごほうびでフェラチオしてもらえるんだ。あと、特進の奴らは〝専属〟にしてるって話だし」

特進——成績優秀者を選りすぐった特別進学クラスは、定員十五名の枠をめぐって、一般クラスの上位者との入れ替えを頻繁におこなっている。特進メンバーは学園生活のあらゆる面で優遇されるのと引き替えに、全国模試や受験など、学校の名前をアピールする機会には必ず駆り出され、理事長の望む成果をあげられなかったら、あっさりと一般クラスに降格される。常にプレッシャーを感じ、ストレスも増す一方だ。

そんな彼らのために、〝あのひと〟がいる。

「マスかきたくなったら、いつでも相手してくれるんだって」

「……やらせるのか？」

「そこまでウチの学校は甘くないんだよな」林は笑う。「受験前に本番なんてしちゃうと、サルみたいにハマっちゃうだろ。本番は、最後のごほうびだよ」

東大を頂点として、早慶、上智、中央の法学部、一橋、東工大……学校の指定する大学や学部の受験に合格すると、ごほうびで〝あのひと〟とセックスできる。採用一年目だった去年は、特進と一般合わせて三十人近くが、そのごほうびを受け取ったのだという。

「人数は三十人でも、一人で何校も受ける奴がいるから、数はすげえよな。なんか、とにかくセックスがしたいからっていうんで、たくさん受けた奴もいたみたいだし」

「でも……そんなの……問題になるんじゃないのか」

「なるさ。あたりまえだろ」

林は軽く返して、「でも」とつづけた。「それを問題にする奴って、いると思うか？」

研介は言葉に詰まった。

「おまえならどうする？　親とか警察とかマスコミとかにチクるつもりあるのか？『皆さん、聞いてください、ボクの学校には生徒の性的処理専門の先生がいるんです』なんて」

なにも答えられない。理屈ではなく、体が〝あのひと〟の噂を受け容れていた。

うつむいてしまった研介の顔を覗《のぞ》き込んだ林は、視線を下に移しながら、いたずらっぽく言った。

「研介、勃ってるだろ、いま」

頬がカッと熱くなった。

「ほら、勃ってる勃ってる、カチンカチンで、位置が悪いーっ、て」

林は子どもじみた言い方をして、けらけら笑う。だが、そんな林のほうこそ、さっきからしきりに股間を気にして、ズボンのポケットに入れた手をもぞもぞと動かしている。

十四歳。研介は——おそらく林も、マスターベーションをすでに覚えていた。ペニスをしごきながら思い浮かべる相手がアイドルだけだというのが、少し物足りなく感じられていた頃だった。

もっとリアルな相手が欲しい。もしかしたらほんとうにやれるかもしれない女を思い浮かべて、どきどきしながら、しごいてみたい。

「研介はいいよなあ。おまえ、高等部に上がったら、絶対に特進だもんな」

林の言葉を打ち消したら、かえって嫌みになってしまう。

学年でトップクラスの成績を、入学以来ずっと保っている。中等部の卒業式では在校生代表で送辞を読むことになっていたし、つい数日前には、来年度の学校案内でも受験生にメッセージを寄せるよう担任の教師に言われた。目標は東大理Ⅲ——もしも現役合格を果たせば、S学院初の快挙になる。

「俺なんか一般でもやっていけるかどうかわかんないもん、絶対に無理だよ、フェラもしてもらえねえよなあ」

これも、打ち消すことはできない。林は、一年生の頃はそこそこの成績をとっていたが、二年生の後半からは授業についていけなくなった。このままでは高等部への進級もおぼつかないし、教師からは露骨にお荷物扱いされている。

「研介だったら、中等部のうちからでも世話してもらえるんじゃねえか？『セックスのことが気になって勉強が手につきません』とか先生に言ったら、大あわてで高等部に電話して連れてきてくれるんじゃねえの？」

林はそう言って、へへっと笑い、「マジに一回相談してみろよ」と研介の股間にまた目をやった。「息子が勃ちっぱなしだと勉強できねえもんな」

研介はそっぽを向き、「もういいよ、バカなこと言うなよ、そんなのあるわけないよ、絶対に嘘だよ」と早口に言った。

ズボンの前が、冷たい。ああ、もう出ちゃったな、と思う。ペニスが勃起すると、すぐに透明のねばねばした液が出る。とんねるずがよくギャグにする「予告汁」というやつだ。

「予告」ということは、そのあとに「本番」がなければいけない。だが、進学校に通うまじめな中学二年生の日常には、「本番」は決して訪れない。マスターベーションも「予告」にすぎない。「予告汁」を亀頭の先から垂らしながら、手のひらでペニスを包んで「予告」の刺激を与えつづけ、いつ訪れるともしれない「本番」の瞬間を待ちわびるだけ――そんなもどかしい日常に、〝あのひと〟があらわれた。「おとなになったら」という遠い未来のはずだった「本番」の瞬間が、急に身近になってきた。

やれるかもしれない。このままの成績をキープしていれば、たぶん、やれる。

研介の胸の内を読み取ったように、林はニキビ面《づら》をほころばせて言った。

「どうだ、励みになるだろ。いい学校だよなあ、ウチは」

研介はそっぽを向いたまま、ズボンのポケットに手を入れて、ペニスに触れた。ブリーフとズボンの布地に押さえつけられたペニスは、ほんのひとこすりで爆発しそうなほど張り詰めていた。

「あのさ、林……」

「うん？」

「その先生、名前、なんていうの？」

「須山悦子《すやまえつこ》。悦子のエツって、悦楽のエツだろ。もう、名前からしていやらしいよなあ」

悦子。エツコ、えつこ。ひらがなで思い浮かべるのが、いちばん、いやらしい。

えつこ先生。先生、先生、先生、先生……。

ポケットの中で指を伸ばし、ペニスの棹《さお》をそっと撫でた。

びくっ、と腰が勝手に跳ねる。出そうになった。あわててポケットから手を出して、

「嘘に決まってるよ、でも」と取って付けたように言った。声がうわずったのが、自分でもわかる。

家に帰ったら、すぐに、しなきゃ。自分の部屋に入って、鍵を掛けて、オヤツを用意する母親が不審に思う前に、すぐに出さなきゃ。

「あー、悦子にしゃぶってもらいてーよお」

林がよけいなことを言うので、また腰が跳ねそうになった。

「あ、そうだ、研介。兄貴の先輩が去年の卒業アルバム持ってるっていうから、今度借りてきてやるよ。顔があったほうが、やっぱ、いいだろ」

「……ブスなんじゃねーの？」

「それがさ、すげえ美人なんだって。なんかもう、こんな可愛い女がちんぽしゃぶってくれるんだって、考えただけでイキそうなんだってさ」

もうだめだ。家までもたない。駅のトイレで、するしかない。

十四歳——その気になれば、辞書の「膣《ちつ》」や「自慰」や「陰毛」の見出しだけでもマスターベーションができた頃。ペニスをしごきながら「膣」の文字を舐めて、果てたあとに自分は変態なんじゃないかと落ち込みながら、今度は「変態」という言葉に、ペニスを再び固くさせていた頃。〝あのひと〟——悦子先生は、まるで天使のように、ふわりと研介の日常に舞い降りてきたのだった。

＊

数日後、林は約束どおり去年の卒業アルバムを持ってきてくれた。非常勤の悦子先生は授業中のスナップ写真が一枚載っているだけだったが、それだけでじゅうぶんだった。

ワンレングスの長い髪にボディコンのスーツで、教壇に立っている。英語の教科書を手に持って、黒板に書いた英文をポインターで指し示しながら、笑顔で生徒に解説する姿は、学校の教師というより、大企業の秘書のほうが近いイメージだった。

「まじめそうな顔してるよな。気も強そうだし。でも、こんなきれいな先生が生徒のちんちんしゃぶるんだから……マジ、世の中って、わかんねーよなあ」

林の言葉にうなずきながら、研介は写真の中の悦子先生を食い入るように見つめた。記憶に刻みつけた。そして、その表情を、さまざまに変化させてみた。

受験勉強のストレスに悶々《もんもん》とする生徒を講師室に呼んで、ふふっ、と微笑む。生徒の前にひざまずき、ズボンのジッパーを下ろしながら、上目づかいに生徒を見つめる。ペニスを握る。顔を寄せる。ワンレングスの髪を片手で押さえ、片手でペニスを支えて、最初は舌を這わせ、次に唇をすぼめて亀頭の先をつつくように口づけして、生徒をじらすときは、小悪魔のように微笑む。そして――くわえる。しゃぶりながら目を閉じて、そのときの笑顔は、きっと天使のように優しく、美しく、気高く……最後は飲んでくれるのだろうか、口をはずして顔で精液を受けてくれるのだろうか……生徒の精液を浴びた顔は、どんなに汚れていて、どんなに美しいのだろう……。

＊

マスターベーションを繰り返した。悦子先生に会うにはペニスをしごくしかなかった。

妄想の中で、悦子先生は教卓に両手をつき、タイトスカートの尻を研介に向けている。スカートをめくる。黒いパンティストッキングに、黒いショーツ。パンティストッキングのウエストに両手の指をかけ、くだものの皮を剝くように、ストッキングとショーツをいっぺんに脱がす。素肌の尻は透き通るほど肌が白く、両手で覆うと隠れてしまいそうなほど小さいのに、ふくらみが豊かで、やわらかくて、いい香りがして……尻の割れ目を押し広げると、先生も両脚を開いてくれる。割れ目の奥にあるものは――いまは、まだ、なにもわからない。

妄想の中で、悦子先生は授業をしている。四十人近い生徒の視線を浴びながら、ブラウスの胸のボタンをはずす。ブラジャーは付けていない。胸のふくらみがあらわになり、ぷるん、と揺れて、ブラウスの薄い布地を押し上げるように乳首がとがる。

妄想の中で、悦子先生が犯される。放課後の教室で、教卓の上に仰向けに寝かされ、生徒たちに次々とのしかかられる。尻を抱かれ、ストッキングを引き裂かれた脚を持ち上げて、脱げそうになったハイヒールの踵《かかと》が、生徒の腰の動きに合わせてぶらぶらと揺れる。

妄想の中で、悦子先生が黒板の下にしゃがみ込む。おしっこをするような姿勢で、ショーツの股間にポインターの先を押し当てる。ポインターが食い込み、埋まって、やがてショーツに染みが広がっていく。

妄想の中で。

妄想の中で。

妄想の中で。

二月の月例テストで、研介は初めて学年ベスト10の座から滑り落ちた。

*

待ちきれない。高等部に進級するまで、あと一年以上――こんな悶々とした思いを背負ったままでは、頭がどうにかなってしまいそうだった。

「どうした？　なんか、最近ぼーっとしてないか？」

何人もの同級生に言われた。実際、授業中に指されて、質問された箇所すらわからずに黙り込んでしまうなど、いままでの研介には考えられないことだった。

「最近調子悪いなあ、しっかりしろよ。ここで中だるみになっちゃうと、あとで困るんだからな」

英語の教師にも、毎朝始業前におこなわれる小テストの成績グラフを前に、ハッパをかけられた。グラフの折れ線は、悦子先生の話を知ってから急に落ち込んでしまい、二月の終わりになっても上昇する気配はない。

勉強など、もう、どうでもいい。勉強をしている場合じゃない。妄想の中で浮かび上がる悦子先生の裸にむしゃぶりつくことのほうが、ずっと大切だ。

頭の半分ではそう思っている。だが、残り半分では、このままだと高等部では特進クラスに入れないかもしれない、とあせってもいる。

特進に入れないと、悦子先生を〝専属〟にできない。万が一、大学受験に失敗すると、ごほうびのセックスもできない。勉強しなくちゃ、勉強しなくちゃ、もっと勉強しなくちゃ……あせればあせるほど、悦子先生の裸がくっきりとしてくる。誘うように乳房を揺らし、妖艶に微笑み、ゆっくりと股を開く。手を伸ばせば触れそうなほど鮮やかなのに、だからこそ、現実の悦子先生は小テストのたびに遠ざかってしまう……。

目の下にうっすらと隈《くま》ができた。ペニスの雁の下がひりひりする。しごきすぎて皮が剝けてしまったせいだ。

マスターベーションのあと、パンツを汚すまいとしてティッシュで何度も何度も亀頭の先を拭《ぬぐ》う。あとで染み出してこないよう、亀頭の先の割れ目にもティッシュを入れて、出し切れなかった精液を搾《しぼ》り取る。そんなことを繰り返しているから、尿道か膀胱《ぼうこう》にばい菌が入って炎症を起こしてしまったのか、小便をしたあとに下腹に刺すような痛みが走る。

親に隠れて薬局で抗生物質を買い、コンビニの袋に汚れたティッシュを詰め込んで、通学途中の駅のゴミ箱に捨てる。ティッシュも不自然に減ってしまわないよう、机の抽斗《ひきだし》に二箱入れて、親が置いてくれたのと合わせて三箱を、交互に使う。

そんな苦労をしても——暇さえあれば、手がペニスを握っている。だめだ、だめだ、勉強しなくちゃ、と自分を叱《しか》りながら、手は勝手にペニスをしごいている。悦子先生を想像してペニスをしごくマスターベーションは、グラビアのアイドルを相手にするときとはまったく違う。どきどきするほどリアルで、深くて、鮮やかで、なまなましくて、おっかなくて、してはいけないことをしているんだとわかっていて……だから、身もだえするほど気持ちいい。

3

三月。

私立大学の合格発表につづいて、国立大学の発表も始まった。

それは——悦子先生が、首尾良く志望校に合格した生徒たちにごほうびをふるまう時期に入った、ということでもあった。

*

寒《かん》の戻りの冷たい風が吹き渡る水曜日、研介は学校を早退《はやび》けした。午後、数学の小テストがある。準備がまったくできていない。きっと、今度もまた、数学の教師を嘆かせるような成績しか取れないだろう。

「いったいどうしちゃったんだ？　まるで別人になったみたいだぞ」——教師の台詞《せりふ》も見当がつく。「なにか悩みでもあるんなら、いつでも相談に乗るぞ」——言えるような悩みなら、最初から悩まない。

そんな教師の反応がわずらわしく、出来の悪い答案用紙を目の当たりにして泥沼の現実を思い知らされるのも怖くて、午前中の授業も上《うわ》の空であれこれ考えているうちに、頭が痛くなってきた。背筋もぞくぞくする。風邪のひきはじめかもしれない。

本音ではほっとした気分で保健室へ行き、早退の手続きを取って、校門を出た。駅に向かって歩きだすと間もなく、頭痛は消え、悪寒《おかん》もおさまった。

ヤバいよなあ、マジに……。

かえって不安をつのらせながら駅に着き、ホームで上り電車を待っていたら、向かい側の下りホームに、〝あのひと〟の姿を見つけた。

間違いない。スーツを着て、風にあおられるワンレングスの髪をときどき押さえながら、文庫本を読んでいるのは——確かに、悦子先生だった。

ホームに、アナウンスが響く。上り電車がもうすぐ到着する。その声に背を向けて、跨線橋《こせんきょう》の階段を駆け上った。

下りホームに降り立ち、悦子先生の背中を斜め後ろから視界に収めると、ズボンの前が突っ張った。ポケットに手を入れて、固くなったペニスをそっと触った。「予告汁」が、早くもじゅっとにじんだのが、わかった。

＊

悦子先生は、三つ目のK駅で電車を降りた。高等部の授業の帰りなのだろう、肩に提げたバッグの口からプリントの束が覗いていた。

研介は駅を降りるとき、ブレザーの上着を脱いだ。胸に校章のエンブレムがついている上着さえ脱げば、まさか中等部の生徒の顔など覚えてはいないだろうから、なんとかなる。ボタンダウンシャツにニットのベストだけになっても、ちっとも寒さは感じない。胸の高鳴りが、体を内側から、燃えるように熱していた。

悦子先生はハイヒールをコツコツと鳴らしながら駅前ロータリーを抜け、商店街を突っ切っていく。あとをつける研介に気づいた様子はない。

五分も歩かないうちに、あたりはマンションの建ち並ぶ住宅街になった。悦子先生は、白いタイル張りのマンションに入った。タイミングを見計らって、研介もエントランスホールに足を踏み入れ、集合ポストで部屋番号を確かめた。

三〇一号室――〈ＳＵＹＡＭＡ〉とある。須山悦子。ここだ。ポストの数とマンションの規模からすると、ワンルームか、せいぜい１ＤＫといったところだろう。エントランスホールから先はモニター付きのオートロックになっていたが、一階の廊下の手前側は見渡せた。一〇一号室が、いちばん道路に近い位置にある。ということは、悦子先生の部屋も、道路際——部屋の中は無理でも、バルコニーぐらいは見えるだろう。

外に出て、建物を見上げた。三階のいちばん道路際のバルコニー——下着が干してあった。ショーツがある。ブラジャーがある。スリップがある。

どれも、妄想の中で思い描いていたようないやらしいものではなかった。黒いレースの、股に穴の空いたショーツではなく、ピンクの、くしゃくしゃに縮んだショーツ。ブラジャーも黒ではなく、ベージュの、おとなしいデザインだった。スリップもベージュ。裾には控えめなレース模様が入っていたが、母親が着ているものとたいして変わらない。

雑誌のグラビアでそんな下着を身につけている女の子を見たら、きっと、なんだよつまんねえなあ、とページをあっさりめくってしまうだろう。だが、研介はバルコニーの下着を食い入るように見つめた。通行人がいたらヤバいぞと思いながら、目が吸い寄せられてしまい、動かせない。

先生が、あのショーツを穿《は》いている。あのショーツの、くしゃくしゃになって見えない股間に、先生のあそこがくっついていた。先生のおしっこが染みている。うんこのにおいも染みている。そして、男の「予告汁」と同じ、女のあそこから染み出る液も、股間の布地には染みているのだろう。

ブラジャー、ブラジャー、先生のブラジャー……ブラジャーの中にはおっぱいがある、先生のおっぱいが、あのブラジャーのふくらみの中に収まっていた……。

「ブラジャー」という言葉は、なんていやらしいんだろう。あらためて実感する。「ショーツ」もそうだ。「パンティ」のほうがいやらしそうに思えるのに、まじめな「ショーツ」のほうが、かえって、そそる。「スリップ」もいい。肌を滑っていくなめらかさが言葉にもあらわれている。最初はスリップを着たままがいい。裾をゆっくりとめくり、肩紐《かたひも》をはずし、ぺろん、と乳房があらわになって……スリップを脱がせると、きっと、甘い香りがたちのぼるだろう。

「予告汁」が、ブリーフを濡らす。ペニスは痛いほど固く勃《た》っている。ポケットの中から触るだけでは我慢できない。握りたい。しごきたい。だが、道ばたでそんなことをしてしまったら、ほんとうに、人生が終わってしまう……。

窓のカーテンは閉まっている。あの向こう側に、悦子先生がいる。いまは服を着替えているところだろうか。上着を脱ぎ、ブラウスを脱いで、ブラジャーは……はずして取り替えるのだろうか、こういうときは……。

だめだ、と無理やり目をつぶった。ほんとうに、このままだとおかしくなってしまう。

帰ろう、もう帰ろう、絶対に帰るんだ……。

自分を叱《しか》りつけるように、来た道を引き返していたら、向こうからブレザーの制服を着た高校生が歩いてくるのに気づいた。胸のエンブレムはS学院の校章で、ネクタイはスクールカラーのえんじ色——高等部だ。

すれ違ったあと、はっと気づいた。

悦子先生から、ごほうびを貰《もら》う生徒なのかもしれない。

再び、あとをつけた。

高等部の生徒は、悦子先生のマンションの前で立ち止まり、手に持ったメモとマンションの名前を照らし合わせて、メモをポケットにしまうと、そのまま、すっと中に入っていった。

＊

高等部の生徒は、三十分後に外に出てきた。来たときよりも足早にマンションをあとにして、歩きながらにやにや笑っていた。

研介は物陰に身をひそめて彼を盗み見る。ネクタイがゆるんでいることに気づいた。頬が上気して、少し疲れているようにも見える。マスターベーションのあとの研介も、よくそんな顔になる。

三〇一号室のカーテンは閉まったままだった。レースと二重になった分厚い布地なので、部屋の様子はまったくわからない。

悦子先生の下着が、風に揺れる。スリップの裾が、こっちにおいで、と誘うように、ひらひらとひるがえっていた。

しばらく身動きできずにいたら、また一人、高等部の生徒が駅のほうから歩いてきた。腕時計で時間を確認して、悦子先生のマンションに入った彼が出てきたのも、きっかり三十分後だった。

入れ替わって、さらにまた一人。つづいて、さらにまた一人。

陽が暮れ落ちてからも、悦子先生の仕事は終わらない。さらに二人の生徒を部屋に迎え入れて、ごほうびを与えた。

研介はその場から立ち去ることができず、ただじっと窓を見上げるだけだった。ブリーフは「予告汁」でぐっしょり濡れてしまったが、いつしかペニスは萎《な》えていた。突き刺すあてのない、包み込まれるもののない、むなしい勃起《ぼっき》に耐えられなくなった。

カーテンの向こう側で、次々に男たちを迎え入れる先生の姿態を思うと、いても立ってもいられなくなる。どんなふうに脚を開くのだろう。どんなふうに愛撫《あいぶ》させてくれるのだろう。指でいじるだけでなく、舐《な》めてもいいのだろうか。

六人目の生徒がマンションをあとにした。しばらく待ったが、新しい生徒が訪ねてくる気配はない。今夜はこれでおしまいなのだろうか……と思った直後、窓のカーテンが開いた。

レースのカーテン越しに、間接照明の薄明かりに照らされた部屋が見える。

窓辺に立つひとの姿も――。

先生だ。全裸だった。乳房が見える。体を少し横に向けたときに、陰毛の茂みも、見えた。

研介は息を呑《の》んで先生を見つめた。身を隠すことを忘れていた。

先生は、ふと視線を下に向けた。目が合った――と思う間もなく、カーテンは素早く閉ざされてしまった。

＊

その夜、研介はベッドの中でマスターベーションをした。なにかに取り憑《つ》かれたかのように、たてつづけに、四回も。

ペニスをしごきながら枕に顔をうずめ、口をふさいで、先生の名前を呼びつづけた。

六人の生徒のペニスを迎え入れた先生のあそこは、いま、どんなになっているのだろう。まだ一度も形を見たことのない女のあそこなのに、妄想の中で、先生があそこから甘い香りをたちのぼらせていることだけは、ぞっとするほどはっきりとわかった。

＊

翌日から、研介は放課後になると先生のマンションへ向かった。

先生が部屋に迎えるのは、一日に五人から六人――噂では、今年の大学受験の成績はここ数年の間で最高だった、と理事長は大喜びしているらしい。

四日目の夕方、研介はマンションのエントランスに入った。集合ポストの前に立ち、鞄《かばん》から出した汚れたティッシュを、三〇一号室のボックスにねじ込んだ。

伝えたかった。先生、ぼくはあなたをずっと見ています、あなたを思ってこんなことをしています、先生、好きです、好きです……。

鞄の蓋《ふた》を閉じる。後悔と自己嫌悪が急に湧いてくる。このままじゃ、俺、おかしくなっちゃうよ……。泣きだしそうな思いで立ち去ろうとした、そのときだった。

背後にひとが立った。振り向くと、先生がいた。ジャケットにブラウス姿で、すべてを見抜いているように、微笑んでいた。

言葉を失った研介の右手を、先生の手がそっとつかむ。

そのまま、自分の胸にあてがった。

「触ってもいいのよ」

優しくささやく声は、幻の世界から聞こえているみたいだった。

悦子先生は、胸に当てた研介の手の甲に自分の手のひらを重ね、ほら、と軽く押さえた。研介の手はこわばって、乳房のやわらかさよりもブラジャーの布地の固さのほうを感じ取ってしまう。

「いいのよ、もっと触っても」

悦子先生は、ふふっと笑う。「初めてでしょ？」とつづけ、さらに笑みを深くする。

先生の指が、研介の指にからむ。もっと力を入れてごらん、というふうに指先をつつく。

手のひらを少しだけすぼめた。人差し指と中指が、乳房のやわらかさを感じた。

「お母さんみたい？」

なにも応えられない。

「ねえ、きみ、中等部の生徒よね」

制服で――見破られた。

「何年生?」

うつむいて、消え入りそうな声で「に、ねん」と答えた。

「わたしのこと知ってたの?」

「……はい」

「噂になってるの?」

含み笑いで言った悦子先生は、研介の手の甲をさらに強く押さえた。

「高等部に上がるの、待ちきれなくなっちゃった?」

円を描くように手を動かすと、研介の手のひらも乳房のやわらかさを感じる。想像していたより張りのある、芯に固さを残した感触だった。

「揉《も》んでいいのよ」

耳をくすぐる声に導かれて、指を曲げた。「揉む」というなめらかさはない。クレーンの爪が摑《つか》むようなぎごちない動きで、指先に力を込める。乳房の形がわかった。

少年の手のひらには余る大きさだった。

悦子先生は「はい、ここまでね」と研介の手首を軽くつかんだ。研介はふと我に返って、あわてて乳房から手を離す。

「おっぱい揉むの、初めてだよね」

「……はい」

「けっこう上手だったわよ、きみ」

教師の口調で、教師としては許されないことを言う。それが研介の胸をどきどきさせて、頬をカッと熱くさせる。

「ねえ、わたしの噂って、どんなこと聞いてたの」

うつむいた顔を上げられない研介に、先生はまた、ふふっと笑った。

「わたしに会いに来てくれたの？　この前も、夜、外にいなかった？」

研介が答える前に、「プレゼント持ってきてくれたんじゃないの？」と集合ポストを指差し、「なにを入れてくれたの？　開けてみていい？」と訊く。

研介の胸はさらに高鳴り、頬の火照《ほて》りが伝わって、頭がくらくらしはじめた。体がこわばって動かない。喉がすぼまり、息が詰まって、郵便受けのダイヤルロックを回す先生に「やめてください」も言えない。

ロックが解除され、扉が開いた。先生が一瞬絶句したのが、気配でわかった。ただのティッシュペーパーです、丸めて入れただけです、ほんとです、信じてください……。頭の中で言葉が巡る。先生、開かないでください、丸めたまま捨ててください、ティッシュを開かれたら、僕の「あれ」がばれてしまいます、染みになっています、生臭くて、栗の花みたいなにおいのする、「あれ」を見ないでください、お願いします……。

「ねえ」

先生の声は、教師の声だった。教師の声には逆らえない——研介はそういうタイプの中学生だった。

顔を上げた。先生と目が合った。いや、その前に、先生が両手で広げたティッシュを、見てしまった。

「これ……使用済み、だよね」

先生は笑っていた。出来のいい生徒を褒める教師の笑顔ではなく、もっとなまめかしい、女の笑顔だった。

「いつ、したの？　ゆうべ？」

「……すみません」

「謝ることないのよ、そんなの、男の子だったらあたりまえなんだから」

先生は手に持ったティッシュを顔に近づけ、目を閉じて、においを嗅《か》いだ。頬がゆるむ。満足そうな、そして、どこか勝ち誇ったような微笑みだった。

「わたしのこと想像して、したの？」

研介は黙ってうつむいた。

「わたしの、どんな格好を想像してたの？」

答えられない。口に出せないからこそ、頭の中には、ゆうべの妄想の中で見せた先生の媚態《びたい》がくっきりと浮かび上がる。

先生は、開いた脚をカエルのように曲げていた。高等部の先輩たちのペニスを次から次へと呑み込んでいた。笑っていた。気持ちよさそうに、いいわぁ、いいわぁ、と喜んでいた。先生のあそこは想像できなかった。女のあそこはまだ見たことがない。見たことがないから、いつも、妄想の中で繰り広げられるセックスの光景は、肝心のところが白くぽっかりと抜けてしまう。

「なんか、照れくさいね」

悦子先生はそう言って、ティッシュを丸め直した。

「これ……持って帰りなさい」

また、教師の声で言われた。研介は唇を嚙みしめて、ティッシュを手のひらで受け取った。

「見たい？」

「……え？」

「わたしの体の、いろんなところ、見てみたい？」

困惑する研介にかまわず、悦子先生は集合ポストの横のインターフォンを指さした。

「このマンションはオートロックだけど、数字で解除できるから。ゼロを三回押してから『呼』を押すと、ドアが開くの。いい？　ゼロが三つ、最後に『呼』……覚えた？」

啞然《あぜん》としたまま、思わずうなずいた。先生はつづけて「部屋のドアの鍵も開けとくから」と少し早口に言って、「二十分後ぐらいがちょうどいいかな」とさらに早口に、つぶやくように付け加えた。

自らお手本を示すようにオートロックを解除し、マンションの中に入った先生を、研介は口をぽかんと開けて見送った。

先生の言葉の意味と重みがわかったのは、先生がエレベータに乗り込んでから、だった。

膝が震えはじめた。指先の力が抜けてティッシュが床に落ちる。あわてて拾い上げて鞄にしまう。乾いていたはずのティッシュが、急にじっとりと湿り気を帯びて、精液の生臭さが、ぷん、と鼻を刺した。

＊

いつもの物陰に身をひそめ、十分ほどたったあたりで、高等部の三年生が駅のほうからやってきた。黒縁の、度の強い眼鏡をかけている。中年男のように太って、顔は脂ぎってニキビだらけで、腹が出ているのにブレザーのボタンを律儀にぜんぶ留め、くるぶしが覗《のぞ》きそうな短いズボンを穿いた、いかにも勉強一筋の——女性とはまったく縁のなさそうな男だった。

三年生はマンションの前で立ち止まり、周囲をきょろきょろ見まわして、緊張しきった様子で中に入っていった。

今日は、こいつから、か——。

この男が、悦子先生からごほうびを受け取る。先生のおっぱいを、ブラジャーやブラウスの上からではなく、じかに触って、揉んで、キスをして、吸って……それから、スカートの奥のあそこも……。

中学生からもバカにされそうなほど冴えない奴なのに。グラビアの巨乳アイドルを相手に、自分の手でペニスをしごくほうがずっとお似合いの奴なのに。あんな奴が、悦子先生の裸を見て、悦子先生にペニスをしゃぶってもらい、悦子先生の体をむさぼって……先生、それでいいのですか？　仕事だから――耐えているのですか？

胸がどきどきする。悦子先生は、なにかのサインを送っていたのかもしれない。オートロックの解除の方法を教え、部屋のドアの鍵を開けたままにして……助けに来てほしい、と言っているのかもしれない。

右の手のひらを見つめた。いまになって、先生の乳房の感触がリアルによみがえってくる。汚れたティッシュのにおいを嗅いだときの微笑みが、くっきりと虚空《こくう》に浮かぶ。

先生――。先生を救い出したら、僕にもごほうびをくれますか――。

＊

三年生がマンションに入った十分後、研介はオートロックを解除して、三〇一号室へ向かった。

腕っぷしには自信はなかったが、あの程度の冴えない高校生相手なら、勝てるかもしれない。たぶん向こうは裸になって、たるんだ腹をさらして、小便とマスターベーションしか使い道のなかったペニスを剝《む》き出しにしているだろう。無防備だ。隙がある。先制攻撃で腹を殴り、ペニスと睾丸《こうがん》を蹴飛ばせば、なんとかなる。

大騒ぎにはするな。ひとが集まってくるようなことになったら、悦子先生が恥ずかしい思いをする。無言で、一撃で勝負を決めろ。

三〇一号室のドアの前に立ち、何度か深呼吸してから、そっとドアノブをつかんだ。音をたてないよう注意深く手首をひねると——ノブが回る。先生は約束どおり鍵を掛けずにいてくれた。

少しずつドアを開ける。隙間から、部屋の中を覗き込む。

先生は——いた。

板張りの床に毛足の長いラグを敷いた上に、仰向けに横たわっていた。タートルネックのセーターを着て、下半身は裸だった。

脚を軽く持ち上げている。マスターベーションの妄想の中で思い描いた、カエルのように脚を広げた先生の姿を、真横から見る格好だった。

太股《ふともも》に隠れた股間に、男が顔を埋めている。これも思い描いていた。想像どおりだった。

だが、いま先生のあそこをむさぼっているのは、想像の世界の、誰とは名付けられない男たちではない。さっき見た、あの男だ。ニキビ面《づら》の、黒縁眼鏡の、高校生のくせに中年太りの、くそったれな高校三年生が、いま、研介の目の前で、先生のあそこを舐めて、しゃぶって、吸っている。

吐き気がする。腹の中で、すべての内臓がもぞもぞとうごめいている。

先生は天井を見つめていた。あえぎ声をあげることなく、目を閉じて歓喜の表情を浮かべるでもなく、息づかいすら乱さずに、まるでエレベータの中で手持ちぶさたに階数表示の画面に目をやるように、ぼんやりと天井を見上げていた。

ドアをもう少し開ける。体がほとんどくぐり抜けられるほどの幅になった。

ニキビ面の三年生は、夢中になって股間に顔を埋めたままだった。四つん這《ば》いのみっともない格好だ。先生の乳房を放っておいて、ひたすら性器を舐めまわす、そのさもしさが嫌だ。汚らわしい男だと思う。吐き気が止まらない。ほんのちょっとでも気を抜くと、ほんとうに、この場に嘔吐《おうと》してしまいそうだった。

どうする——。

部屋の中に踏み込んで、あいつが顔を上げる前に脇腹を蹴り飛ばすか。あわてて起き上がったところを、睾丸を狙《ねら》って、蹴るか。

先生は太股に手をあてがって、脚をさらに高く持ち上げた。尻が床から浮いて、まるい形がはっきりとわかる。ぷるん、と揺れている。あんなに尻を浮かせたら、あそこだけでなく、肛門まで見えてしまうかもしれない。先生の尻の穴を……あんなニキビだらけの男が見るなんて……許せない……。

玄関の中に足を一歩踏み入れた、そのときだった。

先生がこっちを向いた。目が合った。助けて——と訴えるまなざしではなかった。じっと研介を見つめ、ゆっくりと瞬《まばた》く先生の目は、かすかに笑っていた。うれしくて笑っているのではなく、張り詰めていたものを失ってしまったような、うつろなまなざしだった。

研介は身動きできなかった。足がすくみ、戸口にかけた手がこわばり、目をそらすことさえできない。

ぴちゃ、と股間から音がした。三年生が舌を動かしたのだ。その音が研介の耳に届いたのを確かめたように、先生は不意に声をあげた。

「あ……ん……すごく、いいわよ、うん……気持ちいい……」

鼻にかかった、甘えた声だった。芝居じみているのに、ぞくっとするほどなまめかしい。

先生は研介から目を離さず、三年生の頭を後ろから手で押さえた。

「もっと……もっと奥のほうが、いいの……奥まで伸ばして、舐めて……」

研介を見つめたまま。感情の薄いまなざしで、研介を、じっと見つめたまま——

三年生の舌を自分から迎えに行くように、腰を軽く揺すった。

研介は戸口の外に身を退《ひ》いて、ドアを閉めた。ふらつく足取りでエレベータへ向かい、吐き気をこらえながらマンションの外へ出た。ペニスが固い。「予告汁」がじゅくじゅくと染み出しているのがわかる。全身や血がすべてペニスに注ぎ込まれてしまったように、ペニス以外のどこにも力が入らない。顔は熱く火照っているはずなのに、こめかみは凍りつくように冷たかった。

*

どうやって駅までたどり着き、どうやって電車の中での時間を過ごし、どうやって家に帰ったのか、わからない。気がついたら、ベッドの中にいた。制服の上着を着たまま、ズボンとブリーフを脱ぎ捨てて、右手でペニスをしごいていた。

先生が生徒にフェラチオしている。ペニスを頬張って——こっちを見ている。先生が両脚を広げて、生徒のペニスに貫かれている。生徒の背中に両手を回して腰を振りながら、先生はじっと——さっきと同じまなざしで、こっちを見ている。

射精した。ティッシュで受ける余裕はなく、亀頭の先を左手で包み込んだ。精液の熱さが手のひらに広がり、指の間を流れ落ちていく。

汚れた左手をティッシュで丁寧に拭いて、素知らぬ顔で居間に行き、コードレスの電話機を持ってまた部屋に戻った。

１０４でいくつかの電話番号を聞きだした。教育委員会に、新聞社に、テレビ局に、出版社。

家の近所の電話ボックスに入った。

「僕の学校には、受験に合格した生徒にセックスさせてくれる先生がいます……」

声は、自分でも意外なほど落ち着いていた。

４

待ち合わせのダイニングバーのドアを開けると、林はすでにカウンター席に座って、「とりあえず」の生ビールを飲み干していた。

「どうする？　ビールにするんだったら、俺ももう一杯付き合うけど」

「いや……」

研介は椅子に座るなり、店員にウイスキーのオンザロックを注文した。

「いきなり、かよ」

「まあな……」

強い酒が飲みたい。頭の芯を痺《しび》れさせないと話を切り出せそうにない。

「結婚式は、わざわざ来てもらって悪かったな。ひさしぶりだったのに、ろくに話もできなくて」

「いや、そんなのはいいんだよ。飯は美味《うま》かったし、有名人にいっぱい会えたし、ご祝儀の元は取れたからさ」

林は中学時代と変わらない陽気さで笑って、「でも、圧倒されちゃったけどな」と肩をすくめて付け加えた。

「俺だってそうさ」

研介は苦笑して、乾杯もそこそこにウイスキーを啜《すす》った。結婚式も披露宴も、悪趣味なほど派手だった。新郎新婦が会ったこともない「有名人」が次々にスピーチして、それを翔子も屈託なく受け容れていた。翔子の実家が費用をすべて出したイベントだ。文句は言えない。

「ああいうのを逆タマっていうんだな、ってみんなで話してたんだ」

研介は黙って苦笑する。新郎方の親族席で身を縮めていた両親の姿がよみがえる。三度もお色直しをした翔子は、とてもきれいだった。だが、招待客に挨拶《あいさつ》をする合間にふと見せる微笑みの消えた表情は、声をかけるのがはばかられるほど醒《さ》めて、うつろだった。

「で、話って、なんなんだ？」

林にうながされ、研介はさっきより勢いをつけてウイスキーを飲んだ。翔子の顔を振り払う。〝あのひと〟の面影を消し去る。十四歳の頃の自分から、目をそらす。

「なあ、林……須山先生って覚えてるか。俺らが中等部の頃、高等部で英語教えてた……」

「ああ、あれだろ、須山悦子だっけ、忘れるわけないじゃんよ。あのヤリマン教師のせいで、俺ら、校章隠して学校に通う羽目になったんだから」

胸が、ずきん、と痛む。

「懐かしいなあ、でも、うん、いたいた、あのヤリマンな。惜しかったよなあ、マスコミにばれるのがあと三年遅かったら、俺らだってお世話になれたかもしれないのにな」

林はそう言って、「誰がチクったんだろうなあ、マジ、むかつくよな」とマグロのカルパッチョをフォークで口に運んだ。

俺だよ――。言葉が、胸から湧《わ》き出して、喉の手前で転げ落ちる。俺がチクったんだ、悦子先生を――。

「でも、ほんと、大騒ぎになっちゃったもんなあ、あのときは。高等部の校長、クビになっちゃったんだろ？」

「ああ……」

「あの年って、現役の東大組が初めて二桁《けた》いったんだよな、たしか。イケイケドンドンのところにアレだもん、キツいよなあ」

最初に動いたのは、教育問題と女性問題に強いA新聞だった。次に、ちょうど教育の腐敗をキャンペーンで追いかけていた『週刊P』が大々的に扱った。テレビ局は、出足が遅れたぶんセンセーショナルに事件を採りあげ、研介の密告電話には耳を貸さなかった教育委員会もさすがにあわてふためいて、しまいには当時の文部大臣までコメントを求められる騒ぎになった。

学校ぐるみの関与は否定された。あくまでも須山悦子という好色な女教師のみだらな行為——ということで騒ぎはひとまず収束し、悦子先生はマスコミの取材から逃げ回ったすえに、教壇から去ってしまったのだった。

「研介もずるいよなあ。さっさと逃げちゃうんだから」

「……俺だけじゃないだろ」

「まあな、頭のいい奴、みーんな別の高校に行っちゃって、まともな先生もどんどん辞めちゃって、後遺症ひどかったんだぜ、マジ」

S学院の評判はいっぺんに地に落ちて、一流私大への推薦入学枠も次々に取り消されてしまった。研介たちの学年の高等部への進学率は過去最低になった。研介も、逃げ出した生徒の一人だった。中等部卒業を待たず、三年生の途中で公立に移った。

だが、研介は他の生徒のようにS学院に見切りをつけたわけではない。ただ怖かったのだ。あのまま学校に残っていたら、いつか悦子先生に復讐《ふくしゅう》されるかもしれない。いや、違う、復讐が怖いのではなく、悦子先生と会ってしまうことが怖かった。もしかしたら、悦子先生は学校を辞める前に中等部の在校生名簿で、住所を確認していたかもしれない。そう思うと、真夜中のベッドの中で、掛け布団を頭からすっぽりかぶって叫び出したくなる。

悦子先生と似た若い女性の後ろ姿を見かけるたびに、足がすくむ——そんな日々がしばらくつづいた。

公立中学から別の私立高校に進学し、ようやく少しずつ悦子先生のことを忘れていった。S学院にいた頃に目指していた東大は受験できなかったが、それなりに名の通った大学に進み、一年間アメリカに語学留学もして、就職難のさなか第一志望の商社に入って、いくつかの恋をして、翔子と出会い、結婚を決めた。

忘れていたのだ、ずっと。忘れたままでいられると思っていたのだ。それは、あまりにも甘く、身勝手なことだったというのか——？

「……なあ、林」

「うん？」

「須山先生って、学校を辞めたあと結局どうなったんだ？　おまえ、なにか聞いてない？」

林は「いろいろあるぜ」と意味ありげに笑った。噂話は確かに「いろいろ」だった。ソープランドで働いている、ファッションヘルス嬢になった、いやあれはデリヘルだ、家庭教師になって生徒をクっている、どこか遠い町で教師になって、やはり生徒をクっている、やくざの女になった、ヤバい飲み屋のホステスになった……。

「死んだ、っていう噂もあったぞ」

「……いつ頃だ、それ」

「俺らが大学生の頃。同窓会っぽい飲み会で聞いたんだけど、なんか、シャブ打って、そのまま死んでたとかなんとか、俺は知らないけど、新聞で見たっていう奴もいたと思う」

顔がこわばるのが自分でもわかった。まさか、と打ち消そうとすると、瞼《まぶた》の裏に悦子先生のまなざしが、ぼうっと浮かび上がった。

「いいかげんなこと言うなよ」

思わず声が高くなった。林はぎょっとして、「おまえ、なに熱くなってんだよ。だから噂だって言ったじゃんよ」と笑う。

研介は黙ってウイスキーを呷《あお》る。通りかかった店員に空になったグラスを突き出し、二杯目を――今度はストレートで注文した。

＊

「話変わるけどさ、研介、ちょっと痩《や》せたんじゃないか。あんまり元気ないし……新婚生活、うまくいってなかったりして」

ああ、そうだよ――言えば、意外と楽になるのかもしれない。

「まあ、肉でも食って元気つけろよ。美味いぜ、このスペアリブ」

かぶりを振って、ウイスキーを呷る。

二杯目のグラスは、あっという間に空になった。

＊

この前の週末、ついに翔子はいらだちを怒りに変えて、感情をはじけさせた。

「いいかげんにしてよ！」

ベッドの上で、枕を投げつけられた。枕元のティッシュの箱も飛んできた。

全裸の研介は、萎えたペニスと同じように、ただうなだれるしかなかった。どうしてできないのだろう。悦子先生と翔子とは別人だ。あたりまえのはずなのに、その「あたりまえ」が実感できない。それどころか、むしろ日を追うごとに、翔子の面影を押しやって、悦子先生に見つめられることが増えてきた。うつろなまなざしに射すくめられる。薄笑いが体の芯にまとわりついてくる。先生ごめんなさい、許してください……。夢の中でひたすら叫びつづける夜も、ある。

翔子は興奮が収まると、掛け布団に身をくるんで、肩で息を継ぎながら言った。

「ねえ、わたしのこと嫌いになっちゃったの？」

「違うんだ……そんなことない」

「じゃあ、なんでできないの？」

うなだれたまま、なにも応えないでいると、翔子は荒い息を無理に整えるように、長く尾を引くため息をついた。

「昔のこと、ひとつだけ話していい？　わたしの初体験、いつだったと思う？」

いままで聞いたことはなかった。気にならなかったと言えば嘘になってしまうが、それを正面から尋ねる勇気はなかった。

「小学六年生のとき」

そんなに早く——と驚いた研介は、翔子のつづく言葉に、息を呑んだ。

「レイプされたの。政治家のバカ息子に。研ちゃんも名前ぐらいは知ってると思うけど……」

名前を知っているどころではない。与党の実力者——閣僚経験もある政治家だった。

「ウチの会社が急成長したのは、そこから、なんだよね」

翔子はそう言って、「慰謝料プラス口止め料」と抑揚のない声でつづけ、ククッと息を詰めて笑った。寂しさや悲しさすら感じさせない、醒めきった笑い方だった。

＊

「すげえな、研介……五杯目だぞ。だいじょうぶか、そんなに飲んで」

「……平気だよ」

「なあ、おまえ、なにかあったんじゃないか？　おかしいぞ、今夜」

「いいんだ、平気なんだ……」

＊

翔子の両親は、「御殿」と呼ばれる政治家の自邸で開かれたパーティーに招かれたのだった。家族同伴の私的なパーティーだったが、政治家や財界人の後ろ盾が一つでも多く欲しかった両親はパーティー会場を休みなく歩きまわり、翔子は一人でぽつんとしていた。そこに、若い男が「退屈だったら散歩しない？」と声をかけてきて、ついていったら、広い庭の片隅で犯された。

パーティーのあと、翔子はそれを両親に打ち明けた。両親は最初は烈火のごとく怒り、その男を八つ裂きにしてやるとまで言ったが、「その男」の素性を知ると、怒りのぶつけ方が変わった。すんだことは、もうどうしようもない。ならば、向こうに誠意を示してもらうしかない……。

「要するに利用したわけ。わたしのことを取引の材料にして、のし上がっていったわけ」

淡々とした口調だった。声に涙がにじんでいるような気もしたが、薄笑いをこらえているようにも聞こえる。光量を絞ったベッドスタンドの明かりだけでは、表情もはっきりとは読み取れなかった。ただ、うつろなまなざしだけが、わかる。

「遅かれ早かれ男に抱かれるんだから、って……お父さんとお母さん、わたしが中学生だった頃に、そんなことを二人でしゃべってた。それ聞いたときにね、思ったの、わたしのおかげで会社は大きくなったわけじゃない。だったら、思いっきり贅沢《ぜいたく》させてもらうし、わがまま言わせてもらうし、最後の最後は、二人を見捨てちゃうの。ざまーみろって、笑って、捨てるの」

　だから両親の望む婿養子をとらなかったのか。俺のような平凡なサラリーマンを夫に選んだのか。研介がうめくように言うと、翔子は「そうかもね……」とつぶやき声で認めた。

「俺のこと、好きじゃないのに結婚したのか？」

「わかんない……」翔子は涙ぐんだ。「好きなんだと思うけど、『好き』ってことが、よくわかんない……だから、セックスしてくれないと、ほんとに、わたし、自分がなにやってるのかわかんなくなっちゃうのよ……」

　研介はうなだれた顔を上げられなかった。ペニスも、萎えたままだった。

沈黙のなか、目覚まし時計が飛んできた。顔のすぐ横をかすめて壁にぶつかって、プラスチックのケースが割れた。

＊

「……なあ、林」

「うん？」

「須山悦子に会いたいんだ、俺。悦子先生にもう一回会いたいんだ」

カウンターに突っ伏して、やっと言えた。頭の芯を痺れさせたまま、「頼むよ」とつづける。「誰か、先生の居場所を知ってそうな奴いないか？　いたら教えてくれよ。俺、会いたいんだ、先生に会って……」

謝りたい。許してもらいたい。そして、あのまなざしを記憶から消し去らせてほしい。

林は「わけわかんねえなあ」と笑って、研介が初めて聞く名前を口にした。

「なぎさなら、なんとかしてくれるかもな」

研介はのろのろと顔を上げた。

「……なぎさって、誰だ？」

「娼婦《しょうふ》だよ」と林は言った。

5

林と別れたあと、研介はタクシーに乗り込んだ。終電間際の混んだ電車に揺られて帰るには、酔いのまわった足元がおぼつかない。気力も失せている。

タクシーなどいくらでも使えるはずなのだ、いまは。せめてもの意地で、生活費は研介の月給からやりくりするよう翔子に言ってあるが、そうしなければならない理由が、だんだんわからなくなってきた。

翔子の告白を聞いたあとも、研介のペニスは力を取り戻してくれなかった。逆に、いままで以上におびえ、すくんで、陰毛の茂みに身をひそめたまま、小便のときにもつまんで引き出さないといけないほどになっていた。

「悔しくないの？」翔子は泣きながら言う。「わたしがそんな目に遭《あ》ったのよ？　悔しいでしょう、腹が立つでしょう？　だったら抱いてよ、優しくしてくれなくてもいいから、レイプみたいなのでもいいから……この部屋で、わたしのこと、めちゃくちゃにしてよ……」

翔子の怒りや悲しみは、頭ではわかる。自分でもどうしようもなく混乱し、屈折した思いを、抱きとめてやりたい、とも思う。なのに、体が意志を裏切る。いや、裏切っているのは、意志よりもさらに深いところにある心――なのだろうか……。

背中がぞくぞくする。体に染み込んだ酔いが、無数の針になって、全身を内側から刺す。

タクシーは地下鉄工事で渋滞する区間を避け、裏道に入った。翔子の待つ我が家までは、ここからだと十五分。酔いの醒めないうちに帰り着いてしまうことになる。

今夜も翔子は求めてくるはずだ。性欲というより、もはや意地になって、研介のペニスを貪《むさぼ》るだろう。それでも、応えられない。不安や危惧《きぐ》といった感情を抜きにして、棋士が何十手も先を読んで投了を告げるように、だらんと萎《な》えたペニスの――唾液《だえき》に濡れたところが冷えていく、そのときの感覚まで、リアルに想像できる。

「運転手さん」

研介は言った。運転席の背もたれに手を掛け、早口に「渋谷に行ってくれませんか」とつづけた。

「渋谷ですか？」

「そう、渋谷の――」

繁華街からはずれた一角の地名を告げると、運転手は「そこの、どのへん目指せばいいですか」と訊《き》いてきた。

「どこでもいいんです」

「はあ？」

「どこでもいいんですよ、とにかくそこまで行ってくれれば、あとは歩きますから」

体を後ろに戻し、長く尾を引く息をついて、コートの襟をかき合わせた。林に聞いたばかりの地名だ。それ以上のことは林も知らなかった。

なぎさ——。

「会ったことあるのか？」と研介が訊くと、林は「まさか」と笑った。「俺なんかが会えるようだったら、伝説の娼婦じゃないだろ」

林の周囲には、彼女と会ったことのある者は誰もいない。それでも、誰もがなぎさのことを口にしている。なぎさに会えないか。なぎさに会いたい。どうすれば、なぎさに会えるんだ……。

「選ぶのは向こうだからな、俺たちにはどうすることもできないんだ」

唯一できるのは、渋谷のはずれの裏通りを歩くこと。なぎさが気に入ってくれれば、声をかけてもらえる。

「ルックスとか、金持ちっぽいとか、そんなのじゃないんだ。あいつが見るのは、その男が孤独かどうか、なんだよな」

なぎさは、男たちの孤独の深さを読み取ることができる。その夜の最も深い孤独を背負った男に声をかけ、場末のホテルで抱かれて……そして、魔法を男にかける。

林の説明を聞いたときには、急に幼い言葉が出てきたので、思わず笑ってしまった。だが、林は真顔で「魔法だよ、他に言いようがないんだ」とつづけたのだ。

なぎさは、その夜の相手の男を青春時代に戻してくれる。「戻してどうするんだ？」と訊いたときも、研介はまだ話の半分以上を林の冗談だと受け止めていた。

「セックスができるんだ」林はあいかわらず真顔だった。「昔の自分に戻って、現実にはセックスができなかった相手と……できちゃうんだよ」

噂話を百パーセント信じたわけではなかったが、悦子先生の顔が浮かんだ——それは確かだった。

「俺なんか絶対無理だよ、毎日通っても声かけてもらえないよなあ」

林はぼやき声で言って、「やりたい女とはだいたいやってきたし、いま、俺、カノジョといい感じだし」と笑った。なんだよ、結局はノロケかよ、と笑い返した研介の頬は、次の瞬間、ふっと引き締まった。

「おまえなら、なぎさが声かけてくれるかもな」と林は言ったのだ。「須山悦子に会いたがってるわけだし……なんか、すげえ孤独そうだし……」

タクシーは狭い交差点の左折と右折を繰り返して、進行方向を渋谷に変えた。「適当なところでいいんですね」と運転手に念を押され、「ええ、だいじょうぶです」とうなずいたとき、下腹部に火照《ほて》りを感じた。コートのポケットの中からペニスに触れると、むくむくと勃起《ぼっき》しはじめた。

この調子なら、今夜は翔子とできるかもしれない。一度だけでもうまくいけば、あとは意外とすんなり、以前と変わらずセックスができるんじゃないかという気もする。いますぐ引き返せば、まだ翔子は起きているだろう。下腹部の火照りが冷めないうちに抱きしめて、服や下着を剝《は》ぎ取って、乳房にしゃぶりつき、両脚を押し広げれば、ほんとうに、できそうな予感がある。

研介は身を乗り出して、運転席の背もたれに、また手を掛けた。

「あの、すみません、運転手さん……」

「はい？」

「あ、やっぱりいいです、すみません、渋谷に向かってください」

倒れ込むようにシートに体を預け直した。いまさら迷うなよ、と自分を叱《しか》る。下腹部の火照りは、運転手とのやり取りの間に消え失せていた。翔子のうつろなまなざしが、ふと思い浮かんだせいだった。

タクシーは大通りに出てスピードを上げた。研介はネクタイをゆるめ、口を小さく動かした。

せんせい——。

会いたいです、と心の中でつづけた。

＊

あてずっぽうに街を歩いた。

「探そうとしてるとだめだぜ」と林は言っていた。なぎさは探そうとしても見つからない。ふと気がつけば、目の前にいる——という。

さっぱり要領を得ない話に、「幽霊みたいだな」と皮肉をこめて応えると、林はにこりともせず「そういう噂もあるんだ」と言った。

「でも、できるんだろ？」

「ああ……本番まで、できる」

「それで幽霊？」

「噂だけどな」

堂々巡りになるだけだ。林も「まあ、とにかく会ってみればいいんだよ」と苦笑して、話を切り上げた。「会えるかもしれないぜ、マジに、おまえなら」

街を歩く。にぎやかな通りから裏通りまで、ひたすら歩く。「探す」という気配を消すんだ、と自分に言い聞かせた。だが、意外とそれは難しい。目的を持たずに歩くことなど、おとなになってからは一度もなかった。

二十分ほど歩きまわると、見覚えのある四つ角に出ることが増えた。決して広い区域ではない。街灯や店の明かりに照らされた通りはもちろん、路地の一本に至るまで、ほとんど歩いたことになる。やっぱりだめなのかな、と思いながら、それでも歩く。歩きつづける。

三十分たった。いかにも怪しげな女は何人も見かけたし、ぎこちない日本語で誘ってくる女もいた。だが、彼女たちの中になぎさはいない。

「知らない奴が見たら、まじめなＯＬなんだ」林は言っていた。「キャリア志向のエリートっぽいんだってさ」

そんな風貌《ふうぼう》の女には、まだ一度も出会っていない。

一時間——さすがに歩き疲れ、同じ通りを何往復もしているせいで、風俗店の呼び込みの男が不審な目を露骨に向けてくるようになった。

だめだな、とあきらめた。タクシーの拾える通りに出て、今夜は帰ろう、と肩を落とした。

帰りたくない。足が動かない。翔子の待つあの部屋には帰りたくない。うつむいた顔を上げられなくなった。頭がくらくらする。すっかり醒めてしまったはずの酔いが、体の芯から染み出してくる。

無理に足を一歩踏み出したが、そこから先がつづかない。歩くどころか立っているのもキツくなって、その場にしゃがみこんでしまった。

足元の地面をぼんやりと見つめ、週末と同じような嘔吐《おうと》感をこらえながら、視線を少し先に放ると――白いパンプスが見えた。つま先がこっちを向いている。立ち止まっている。

まさか、と顔を上げる。女が立っている。かっちりとしたスーツを着て、髪をアップでまとめた、若い女だった。

「わたしを買ってくれますか」

女は、微笑みながら言った。

「……なぎさ、さん?」

女は言葉で答える代わりに、微笑みを深くして、じっと研介を見つめた。悦子先生とも翔子とも違う、奥に温もりをたたえたまなざしだった。

＊

なぎさに手を取られて歩きだしてからは、意識が途切れがちになった。さっきまでうんざりするほど歩きまわった一角なのに、道順がわからない。こんなに明るい通りを歩いただろうかと思うそばから、記憶にない薄暗い路地に足を踏み入れて、しだいに足取りがおぼつかなくなり、体の重みがどこかへ消えてしまったような気もして……ふと我に返ったときには、ホテルの一室にいた。

なぎさは研介のコートをハンガーに掛けながら、まるでゆうべやおとといの夜も会っていたような口調で「シャワー、お先にどうぞ」と言った。

「……いいのか？」

「え？」

「俺で……いいのか？　ほんとに」

なぎさはクスッと笑い、研介の背広を脱がせながら、「お客さんこそ、わたしなんかでよかったんですか」と言う。お客さん——彼女は娼婦なんだ、とあらためて噛みしめる。

「家に帰ると、奥さんが待ってるんでしょう?」

「……いいんだ、そんなのは」

「きれいな奥さんなんですよね。お金持ちのお嬢さんで、でも、ほんとうはとても寂しいひとで……寂しさをうまく言いあらわせないひとで……」

すべてを見抜かれている。驚きや困惑より、なにかほっとした安らぎに包まれる。

「魔法をかけてほしいんだ」

研介がネクタイをほどきながら振り向いて言うと、一瞬きょとんとした顔になったなぎさは、ああ、あのことですね、とうなずいた。

「そんなふうに呼んでるひともいるんですね。わたし、知りませんでした」

「他にはどんな言い方があるんだ?」

「そうですね、媚薬《びやく》って呼んでくれるお客さんもいます」

なぎさの媚薬——。

口の中で舌を小さく動かして、研介は「そっちのほうがいいな」と笑った。

*

熱いシャワーを頭から浴びた。頬を流れ落ち、肩や胸板《むないた》を伝うお湯が、ペニスの根元の茂みに吸い込まれていく。泡立てたボディソープで股間を包み、ペニスを軽くしごいてみた。勃起している。だが、まだ猛々《たけだけ》しさはない。すべてをかなぐり捨てて、一心にヴァギナを求める激しさは、まだペニスには宿っていない。

今夜もいつものように、ここまでで終わってしまうのだろうか。高ぶらないままのペニスの固さを持て余しているうちに、背中が冷え冷えとしてきて、いつのまにかペニスは萎えている——そんな物悲しさを、今夜もまた味わわなければならないのだろうか。

ため息をつき、シャワーのお湯で泡を洗い流していると、バスルームのドアが開いた。なぎさが、服を着たまま入ってきた。あわててシャワーの先を床に向け、「濡れちゃうぞ」と言うと、なぎさは「平気です」と笑ってシャワーを研介の手から取り、壁のフックに掛けた。

お湯の飛沫《しぶき》が、なぎさを濡らす。アップにまとめたままの髪も、スーツの上着も、白いブラウスも、スカートも、タイツを脱いだ脚も……あっというまにびしょ濡れになった。

乳房のふくらみが透ける。耳たぶから滴《したた》り落ちるお湯が、なんだか別の、体から染み出してくる液体のように見える。

なぎさは研介の前にひざまずいた。腰に手を添えて、じらすように陰毛の茂みに頰ずりしてから、ペニスを口に含んだ。舌が亀頭《きとう》の先端をなぞり、雁《かり》の下を撫でる。ペニスを挟んだ唇が、ゆっくりと前後に動く。腰に添えた手は、滑るように尻に回り、谷間に触れて、睾丸《こうがん》の裏を包む。

「……あぁ」

思わず声が漏れた。愛撫《あいぶ》に体が反応して快感を覚えたのではなく、心が、燃えた。ペニスの付け根――股間に埋まったあたりから、むくむくと力が湧《わ》いてくるのがわかる。

たちのぼる湯気が目に映るものすべての輪郭をやわらかくさせる。そして、湯気を吸い込むと、体の奥のこわばっていたものもとろけていく。

なぎさは口からペニスをはずし、立ち上がって、研介に背中を向けた。壁に手をついて、濡れて腰に貼りついたスカートをめくり上げる。

尻が、剝《む》き出しになった。真ん丸で、染み一つない、とびきり上等な白桃のような尻が、シャワーの飛沫を浴びて、わずかに震えながら、研介を誘う。

研介はその場に膝をついた。尻の左右の肉を鷲摑《わしづか》みにして、谷間を押し広げ、顔を埋めた。目を閉じて、むしゃぶりつくように舌を動かした。

愛撫というような余裕はなく、ただ無我夢中で、なぎさの尻を貪《むさぼ》った。流れ落ちるシャワーの飛沫を全身に浴びて、湯気にむせ返りそうになりながら、尻の肉に爪を立て、谷間を舌でこねまわす。

ペニスが痛いほど固くなっている。天を向いて屹立《きつりつ》している。

ああ、これなんだ――。研介は舌を動かしながら、何度もうなずいた。ずっと忘れていた、これが紛れもない勃起の感覚だった。ただ固くなるのではなく、どくどくと血が流れ込み、痙攣《けいれん》するように震え、ヴァギナに包み込まれる瞬間を待ち望んで亀頭が膨らみ、雁がグイと張る、この感覚を待ちわびていたのだった。

「……ここでしても、いいのか」

谷間から顔を浮かせて訊くと、なぎさは「お好きなところでどうぞ」と言った。「何度でも、あなたが満足するまで」

たちこめる湯気が声を包む。絶え間なく聞こえるシャワーの水飛沫の音が、耳を痺《しび》れさせる。

「なにも付けなくていいのか？」

「だいじょうぶ……中で出しても平気です」

なぎさの声は不思議な響き方をする。プロの女性が客に語りかけるような冷たさはなく、といって恋人同士のような甘さもない。母と息子――それも違う。姉と弟、妹と兄――なんとなく、そんな感じもするが、やはり微妙に違う。

研介は床にひざまずいていた姿勢を伸ばし、あらためてなぎささを背後から抱き寄せた。濡れた上着を脱がせ、お湯が染みて肌にぴったりと貼りついたブラウスの上から乳房を揉《も》んだ。ブラジャーは付けていない。研介の指が軽く触れただけで乳首はツンと固くなる。前を向かせたら、きっと、乳首の濃いピンク色が白いブラウスを透かしているだろう。

だが、研介はなぎささを壁に向かせたまま、片手で尻を揉み、片手で乳房を揉みつづけた。正面から向き合うのが怖い。翔子や悦子先生のまなざしがよみがえってしまうと、張り詰めていたものがいっぺんに萎えてしまいそうな気がする。

尻の谷間から、指を前に這《は》わせた。シャワーのお湯とは違う、熱い潤みが、そこにある。

「なんだよ」無理に、下卑《げび》た口調で言った。「もう濡れてるのか」

なぎささは壁に頬を寄せて、すみません、と申し訳なさそうに言う。

「……謝らなくてもいいけどさ」

笑うと、肩が少し軽くなる。こんなふうに高みに立って笑うのはひさしぶりだ。

「お尻、振ってみろよ、自分で」

なぎさが言われたとおり尻を左右に振ろうとするのを、「違うよ」とそっけなく制した。「前と後ろに振るんだ」

こんなふうに、と股間の指を乱暴に前後させた。潤んでいる。指はなめらかになぎさの泉の岸辺をなぞり、固いつぼみに触れた。

「ここ、いいのか」

つぼみを指先で押す。「なあ、ここがいいんだろ？」と指で押しつぶすと、それを跳ね返すように、つぼみはさらに固くふくらんでくる。

指をつぼみから離した。

「自分で動かして、気持ちよくしてみろよ」

「……はい」

なぎさは窮屈そうに尻を前後に動かしたが、体が壁にくっつきすぎているので、つぼみは研介の指になかなか触れない。

「だめだろ？　これじゃあ。もっと動かさないと」

「……すみません」

「謝らなくていいんだよ」

しょうがないなあ、と苦笑して、乳首を強くつまんだ。

なぎさは足を壁から離し、膝を浅く折り曲げて、尻を振った。つぼみが、今度は研介の指をとらえた。ひっ、となぎさの声が裏返る。ひっ、ひっ、と繰り返す声に合わせて、尻も動く。少しばかり激しい動きになっても、濡れたスカートは腰から垂れ落ちることなく、白い尻がぷるぷると揺れる。

いいぞ、と研介は笑いながら、尻の動きを迎え撃つように指を動かした。泉からは蜜《みつ》がさらに湧き出てくる。熱い。とろりと粘っている。

「気持ちいいのか」

「……はい」

「いいのか？」

「……すごく」

言葉だけではないのだろう、なぎさの膝は崩れそうになった。研介が乳房をもてあそんでいた手をはずし、腰をつかんで支えると、そこもまた快楽の源だったのか、きゅん、と尻を締めて身震いする。シャワーを浴びどおしの肌に鳥肌が立ち、壁についた両手が痙攣するように震え、白かったうなじがわずかに紅潮した。

研介はなぎさの背中に体を寄せた。ペニスの先端が尻のふくらみに触れる。手や舌で刺激を与えられなくとも、ペニスはもう熟しきった果実が皮を割る寸前のように張り詰めていた。

なぎさの耳に口を寄せ、複雑な形の起伏を舌でこねるようになぞった。なぎさはあえぎながら、壁についた手の位置を変えた。シャワーのホースに手が当たり、ヘッドの向きが変わって、飛沫がまともに研介の顔に降りそそぐ。鼻の穴にお湯が入ってむせそうになったが、かまわず舌を動かし、指を動かして、ペニスをなぎさの股間に押しつけた。

なぎさの尻が浮く。研介は腰を沈めてペニスの屹立する角度を調整し、泉の潤みにひたっていた指を離すのと入れ替わりに、ペニスを突き立てた。

「あ……」

びくん、と尻がすぼんだ。ペニスはわずかな抵抗を感じただけで、すっぽりと泉に包み込まれた。降り注ぐお湯が頬を伝う。鼻の脇を通って、唇の端をよぎり、顎《あご》に滴り落ちる。研介は目を閉じて、腰を動かした。最初はゆっくりと、なぎさの反応を確かめながらのつもりだったが、何度か前後させているうちに、暴走するペニスに引きずられるように腰の動きも激しくなった。

なぎさは膝を折り曲げた。ペニスの付け根に、なぎさの尻の重みがかかる。かまわない。怒張したペニスは熱い一本の棒になって、尻の谷間をこすり、泉の底を突く。研介は腰を振りながら、口を開けた。シャワーのお湯が口の中にも降り注ぐ。唇の縁からあふれ出る。

なぎさは再び膝を伸ばす。上体を沈め、つま先立って尻を突き出して、あえぐ。あぁ、あぁ、あぁ……。まるい声が湯気に包まれて、いっそうまるくなる。

研介はさらに強く腰を振った。快感が背筋を貫いた。両手をなぎさの腰に回し、背を反らせて、天を仰ぐ。どしゃぶりの雨のようなシャワーを正面から浴びて、獣のような雄叫《おたけ》びをあげながら——射精した。

*

ベッドルームに戻る足取りが頼りなくふらついた。のぼせてしまったのが半分。残り半分は、射精の瞬間の快感が、まだ腰の芯を痺れさせているせいだった。

濡れた素肌にバスローブを羽織っただけで部屋の隅の冷蔵庫を開け、ミネラルウォーターをペットボトルから直接呷《あお》り、ようやく一息ついてベッドに腰かけた。

なぎさのあえぎ声が耳から離れない。まるみを帯びて、包み込むような——あれは、確かに、なにかに似ている。ひどく懐かしくて、それでいて、毎日の暮らしのごく身近にあるはずの、優しく、やわらかい響きだった。

ベッドルームに入ってきたなぎさに目を向けた瞬間、胸がどきんとした。なぎさはなにも身に付けていなかった。アップにしていた髪を下ろし、乳房も、股間の茂みもまっすぐに研介にさらして、幼い少女のような屈託のなさで研介の隣に座る。

「ごめんなさい、遅くなりました」

「……いや、べつに、いいんだけど」

バスルームで後ろから抱いたときの猛々しさは、もう消えうせていた。声からも、ペニスからも。

「服……平気なのか？　あんなに濡れちゃって」

「だいじょうぶです」

そうは思えない。ずぶ濡れになり、皺《しわ》くちゃになって、明日の朝まで干していても乾かないだろう、あれでは。

「あのさ……もしアレだったら、俺、どこかで着替えを買ってきてもいいけど……」

自分でもわかるほどかぼそい声で言う研介に、なぎさはクスッと笑う。

「そんなこと気にしないでください、ほんとうに平気なんです、わたしは」

「でも……」

「忘れてください、日常の、いろんなわずらわしいことは。わたしは、そのための女なんです」

なぎさは研介の手を取って、自分の髪に触れさせた。肩に載るほどの長い髪は、シャワーを浴びどおしだった名残もなく、さらさらに乾いていた。ドライヤーの音は聞こえなかったし、ここまで湿り気を取り去るほどの時間はなかったはずだ。

「不思議でしょう？」

困惑を見抜いたように笑うなぎさは、また研介の手を取って、乳房にいざなった。研介の手は困惑したまま、ぎごちなく乳房を覆う。

「懐かしくありませんか？」

「え？」

「こんなふうにされたこと、昔もあったんじゃないんですか？」

悦子先生――。

あの日の、マンションのエントランスで――。

研介は指先をこわばらせて、なぎさを見つめた。目が合うと、なぎさは小さくうなずいて、微笑みを深くした。

「……知ってるのか」

「わかるんです」

「……俺のことが？」

「ええ、ぜんぶ、わかってます」

なぎさの声が研介を包み込む。耳で聞いているというより、体すべてが声に覆われたような感じだった。

「後悔してますか？」

なぎさに訊かれ、すうっと、なにかに引き込まれるように、うなずいた。

「いまでも、会いたいですか？」

もう一度──今度は自分の意志で「ああ」とうなずいた。「すごく、会いたい」

「先生に会って、どうするつもりなんですか？」

「やり直したいんだ。あんなふうに裏切るんじゃなくて……俺、やっぱり……悦子先生のこと……」

なぎさは研介の手を乳房からはずし、「でもね」と小さな子どもをなだめるように言う。「たとえ先生に会えても、あなたの人生は、なにも変わりませんよ。あなたの結婚する相手も、その家族のことも」

すべてを知られているというのは、こんなにも心地良い。深い安堵《あんど》感にひたった。

なにも隠さなくていい。身構えなくてもいい。ごまかしたり、負い目を感じたり、申し訳なさを背負ったり、逃げだそうともがいたり……そんなことは、なにもしなくていい。

研介は、肩の力を抜いて笑った。

「俺はいいんだよ。でも、先生はどうなるんだ？　俺、先生の人生を変えることができるのか？」

「できるかも、しれません」

「さっき、友だちに先生の噂を聞いたんだ。悦子先生……死んじゃったかもしれない、って……なんか、体も心もボロボロになって、一人で死んじゃったんだ、って……」

なぎさは、そうです、とも、そうじゃありません、とも言わない。ただ黙って、微笑みをたたえたまま、研介をじっと見つめる。沈黙がつづく。その沈黙が答えなのかもしれないと思うと、研介の胸は引き裂かれそうになってしまう。

「だいじょうぶですよ」

なぎさは言った。「まだ間に合います。あなたなら、先生を救ってあげることができます」とつづける声を聞いて、やっとわかった。

なぎさの声は、シーツだ。疲れきってベッドに倒れ込み、布団を肩まで引き上げたときの、シーツが肌を滑る感触——それを音にすれば、なぎさの声になるのかもしれない。

「会いたいよ」

研介は言った。「会いたいんだ、先生に」とつづけ、「会わせてくれよ」となぎさの胸に顔を埋めた。

なぎさは研介の頭を両手で抱き寄せて、ゆっくりと体を倒した。横たわる研介のペニスに、指が添えられる。研介もなぎさの股間に指を伸ばす。なぎさの泉はすでに蜜であふれ、研介のペニスも、指で軽くしごかれると、むくむくと勃起していった。

＊

なぎさが上になった。つながったまま背筋を伸ばし、研介の肩に手を掛けて、腰を振る。

研介はなぎさの細い腰を両手で支え、膝をバネのように使って、なぎさの腰の動きにリズムを合わせてペニスをヴァギナから出し入れする。

なぎさは研介を見つめる。研介もなぎさを見つめる。快感が高まるにつれて、ペニスが締めつけられる。ぴちゃぴちゃ、とあふれる蜜が音をたてる。

なぎさは上体を伏せて、腰だけをくねくねと動かした。研介は唇をすぼめて、なぎさの乳首に吸いついた。乳首に軽く前歯を立て、舌で転がし、口の中から湧いてくる蜜をからめる。

「いい……いいです、すごく……」

「俺も……」

睾丸がペニスの根元に引き寄せられた。泉の縁がうごめいて、ペニスを強く挟み込んだ。

研介は膝を立て、つま先でマットレスを踏みつけて、腰を勢いよく跳ね上げた。どくっ、どくっ、とペニスの裏を走る精液の音が聞こえそうなほどの激しさで——果てた。

*

乱れた息を整える間もなく、なぎさは腰を浮かせてペニスをヴァギナからはずし、自分の股間に手をやった。

泉にひたした指先を、そっと研介の口に向ける。白く濁った蜜が、指先にある。研介のペニスから噴き出した蜜と、なぎさのヴァギナから湧いた蜜が、交じり合って、甘酸っぱいにおいをたちのぼらせている。

そのにおいに導かれるように、研介は指先を吸った。とろんとした舌触りを感じたのと同時に――深い眠りに落ちていった。

6

戻っていた。

あの頃の――あの日の、あの場所の、あの瞬間の、自分に。

悦子先生がいる。マンションの床に敷いた白いラグの上に仰向けに寝ころんで、タートルネックのセーターを着て、下半身は裸で、脚を軽く持ち上げて、股間を高等部の生徒にしゃぶられていた。

先生はじっとこっちを見つめている。あの日と同じだ。生徒も、たぶん、あのニキビ面《づら》。ぴちゃぴちゃと音を立てて性器を舐《な》め回すニキビ面に、「いいわよお、すごくじょうずよ……」と鼻にかかった声で応える、それも、あの日と同じ。

細めに開けたドアの隙間から部屋を覗《のぞ》き込む研介だけが――あの日から先の出来事を知っている。

先生は天井を見上げた。左右の太股《ふともも》を抱きかかえ、まるで赤ちゃんがオムツを取り替えてもらうように尻を持ち上げて、ニキビ面の舌を股間ぜんたいで迎えた。

ワイシャツ一枚とくたびれたトランクスを穿《は》いただけのニキビ面は、四つん這いになって首を上下に振りながら、先生の股間を舐め回す。犬が餌《えさ》をむさぼっているような光景だった。受験合格のごほうびにごちそうをもらった。喜んで尻尾《しっぽ》を振る代わりに、いま、トランクスの前はテントのように張っているのだろう。

「見える？　先生のあそこ、よく見といてね……割れ目の上のほう、ぽちってあるのわかる？　そこがいいの、いちばん。クリトリス……その下がヴァギナ……赤ちゃんが出てきて、おちんちんが入るところ……濡れてるでしょ、女の子はね、気持ちよくなると、ねばねばしたのが出てくるの……それで、その下が、お尻の穴……アヌス……アナルセックスなんて興味ない？　あっても無理やりしちゃだめよ、お尻の中はすごく傷つきやすいし、ばい菌が入ると大変だから……」

先生の声に導かれるように、ニキビ面の息づかいが荒くなるのがわかった。

研介も息苦しくてしかたない。気配を押し殺すために喉を絞り、胸をふさいで、けれど、体のどこよりもこわばっているのは、ズボンとブリーフで押さえつけられたペニスだった。

「もっとつっついていいの、舌の先で、つんつん、って……あぁ、そう、いい、じょうず……吸ってみて……違う、もっと上……クリトリスのところ……わかるでしょ、ぽちっとしてるから……吸いながら、ぺろぺろして……舐めるの、そう、いい……すごく、いい……もっと濡らして……もっと……」

先生の声は、女の声だったし、教師の声でもあった。生徒に英語の文法を教えるように、セックスを教えている。生徒の英会話の発音を褒めるように、舌の動かし方を褒めている。

「ねえ……今度は、おっぱいを吸ってみる？」

先生はそう言って、寝ころんだままセーターをたくし上げた。ブラジャーは付けていなかった。ほとんど全裸の女が、床に横たわる。ほとんど全裸の教師が、おいで、と両手を広げて教え子を胸に迎える。

ニキビ面は先生の股間から顔を上げると、獣のような低いうめき声とともに、胸にむしゃぶりついた。先生はニキビ面の頭を両手で抱き寄せて、まなざしを天井から再び玄関に戻した。目が合った。先生はわずかに微笑んで、研介をじっと見つめる。

ニキビ面はなにも気づいていない。先生の腕が邪魔をして、玄関のほうには目を向けられない。いや、たとえ首を振ることができたとしても、無我夢中で乳首をしゃぶる男に、横を向く余裕などないだろう。

「そう……うまいじゃない、じょうず、うん……固くなってるでしょ、おっぱい……おちんちんと同じ……クリトリスもそう……気持ちよくなると、固くなって、大きくなるの……軽くだったら噛んでいいわよ、ほんとに軽く……あぁ、そう、それでいいの……」

先生は研介を見つめたまま、しゃべりつづける。表情は変わらない。微笑みというより、薄笑いのほうが近い——寂しく、力のない頬のゆるみ具合だった。

声は確かにあえいでいるのに、目に喜びはない。うつろなまなざしが、じっと、研介を見据えて離さない。

＊

どうですか？

声が聞こえる。遠くから降り注いでいるのに、まるで体の内側から響いてくるような、深みのある女の声だった。

誰だ？　と尋ねる研介の声も、うんと遠くで、なのに体の奥底で、残響しながら聞こえる。口を開いたつもりはない。だいいち、声を出したら部屋の中にも聞こえてしまう。悦子先生とニキビ面に気づいた様子はない。ニキビ面はあいかわらず犬のように乳房をむさぼり、先生はあいかわらずうつろな目で研介を見ている。

部屋の中の風景が、少しぼやけた。ミルクを溶かしたような色の霧が、あたりにたちこめていた。

今度は逃げないんですね。

また女の声がする。誰なんだ、ともう一度訊くと、くすっと笑ってつづけた。

わたしです……なぎさ、です。

じゃあ、俺は……いまの俺なのか？

そうです。二十六歳の、新婚の、でもセックスができなくなっちゃった、かわいそうなおとなです。

戻ってきたんじゃないのか、あの日に。

戻ってます。でも、そのまま中学生に戻れるわけじゃないんです。体はあの日と同じでも、あなたの意識も一緒に入ってます。中学二年生のあなたと、おとなのあなた……いま、わたしとお話ししてるのは、おとなのあなたです。中学二年生のあなたは、まだ呆然《ぼうぜん》としてます。おとなのあなたが抜け出しちゃったら、もう、どうしていいかわからなくなって、そろそろ吐き気が襲ってくる頃です。

……あの日もそうだった。俺、気持ち悪くなっちゃって、足がふらふらしちゃって、それで……逃げたんだ。

そう、あなたは逃げたんです。逃げて、先生のことを密告して、大騒ぎになって、先生はもう学校に戻れなくなって……。

そんなつもりじゃなかったんだ。俺、先生を苦しめるつもりじゃなかったんだ。ただ、俺……先生があんな男に、あんなことされて……そんなの、絶対に嫌だったんだ……。

わかります。

ほんとなんだ、信じてくれよ、俺、先生のこと……。

いまならどうです？

あんなこと、しない。

そうじゃなくて……いまなら、先生の目を見て、なにかべつのことを思うんじゃないですか？

べつのこと？

そう、あなたは、もう中学生じゃないんです、おとななんですから……。

＊

霧が晴れる。部屋の中の風景が、再びくっきりとした輪郭と奥行きを持ちはじめた。先生が見つめている。うつろなまなざしが、研介を捉《とら》えて離さない。

だが——空虚だと思っていたまなざしの奥に、感情がにじむ一点があった。

研介がそれに気づいた直後、先生は目をそらし、乳房をむさぼっていたニキビ面に「そろそろ入れてみる？」と笑いながら言った。

「……マジで、やっていいんですか」

「うん、だって、よくがんばったんだもん。合格のお祝いだから、遠慮しないでいいのよ。先生のあそこで、気持ちよくなってちょうだい」

ニキビ面の頭を抱き寄せていた手を離した。「ピル服《の》んでるから、そのまま入れて」と、ニキビ面の腰を挟んでいた両脚を大きく広げた。

ニキビ面は顔を上げて体を起こし、じれったそうにトランクスを脱いだ。むさ苦しい風貌にふさわしく、濃い陰毛がへその下まで生えている。赤黒いペニスが見えた。天を向いて、固くなっていた。

研介はドアを静かに閉じる。もう、なにも見たくなかった。エレベータに乗り込んだ。扉が閉まっても〈1〉のボタンを押さず、ズボンのポケットにつっこんだ右手でペニスをしごいた。

目をつぶり、先生、先生、悦子先生……と心の中でつぶやきながら一心に右手を動かして、快感が突き抜ける直前にズボンのジッパーを下ろし、ブリーフの前をこじ開けてペニスを出した。

エレベータの壁に向かって、精液がほとばしる。果てたあとの余韻を味わう間もなくペニスをまたブリーフの中にしまい、ズボンのジッパーを上げて、〈1〉のボタンを押した。

エントランスフロアに着くと、そそくさとエレベータを下りて、マンションの外に出た。

あの日は——記憶が真っ白に抜け落ちたまま、家に帰ったのだ。家に帰ってマスターベーションをして、それから、新聞社やテレビ局に電話をかけて先生の仕事のことを知らせたのだ。

だが、いまは違う。外の道路を歩いているときも、四つ角を曲がった物陰に身をひそめたときも、しっかりと自分がここにいるという実感がある。

助ける。そう決めた。

悦子先生を、救い出す——。

心に誓った。先生のうつろなまなざしの奥に見つけた感情——それは、哀しみ、だったから。

＊

しばらくすると、ニキビ面がマンションから出てきた。入ってきたときと同じように、黒縁の眼鏡をかけ、ブレザーのボタンを全部留めて、くるぶしが見えそうなほど短いズボンを穿いて……それでも、どこか自信に満ちているように見えるのは、初めてのセックスを無事にすませたせいなのだろうか。

後ろから襲いかかって殴りつけてやりたい衝動をこらえて、ニキビ面が駅へ向かう交差点を曲がるまで物陰から見送った。次の生徒がまた来るのだろうか。今日はもうこれで先生の仕事は終わりなのだろうか。

迷いとためらいを振り切って、駆け出した。全力疾走でマンションに飛び込み、オートロックを解除して、エレベータに乗り込んだ。さっきの精液が壁を伝い落ちて、染みになっている。栗の花のようなにおいが、ぷん、と鼻をつく。ひどいことをした。だが、それは、決して間違ったことではないんだという気もしないではなかった。

高校生たちの欲望が染み込んだあの部屋の汚らわしさは、エレベータとは比べものにならない。

だから、先生を救い出す。先生と、逃げる。
三〇一号室――ドアの鍵は、開いていた。

＊

「やっぱり来ちゃったのね……」

悦子先生は苦笑して、けだるそうに髪に手をやった。素肌にバスタオルを巻き付けただけの姿で、ベッドを背もたれにして床に脚を投げ出して座っていた。「なんとなく、そんな気がしてたのよ」とつづけ、煙草に火を点ける。

「ねえ、どうだった？　見てて、興奮した？」

煙草の煙と一緒に吐き出された声は、少ししわがれて、低く響く。教師の声ではなかった。みずみずしい女の声でもない。疲れきった抜け殻の声だった。

「そんなところに突っ立ってないで、座れば？　今日はもう店じまいだから」

自分で自分を嘲《あざけ》るように笑う。研介は黙って、ラグの横に座った。さっきまで先生とニキビ面が抱き合っていたラグには、どちらのものなのだろう、縮れた毛が何本も落ちていた。目をそらす。顔を上げる。先生を見つめると、ふふっ、と笑われた。

「きみ、中等部の二年生だっけ。じゃあ、あと一年の辛抱だね。がんばって特進クラスに進みなさいよ。そうしたら、いろんなこと、お手伝いしてあげるから」

煙草の煙が、先生と研介の間を揺れながら流れる。先生は右の膝を立てて、そこに頬杖《ほおづえ》をついて、口にくわえた煙草に左手を添えた。バスタオルの結び目がほどけて、左の乳房が、ピンク色の乳首まであらわになった。先生は隠そうとしない。立て膝をついた股間の暗い翳《かげ》りも、いまはバスタオルで覆われていたが、無理に隠すつもりはなさそうだった。

「ねえ、名前、教えて」

「……山野です。山野研介です」

「研介くん、何組？」

「……二年C組」

「なんで戻って来たの？」

答えるのをためらった研介に、先生は口をすぼめて煙草の煙を吹きかけ、「わたしと、したかったの？」と言った。「そうよね、わたしのことオカズにして、マス、してたんだもんね」

頬がカッと熱くなった。恥ずかしさだけではなく、先生が「マス」という言葉を口にしたことの驚きと、戸惑いと、耳に残る声を振り払ってしまいたい嫌悪感が、熱になって噴き出してきたのだった。

「させないわよ、中学生なんかに」

先生はガラスの灰皿に煙草を押しつけて火を消し、「中等部まで担当しちゃったら、おまんこ、壊れちゃうじゃない」と笑いながらベッドに腰かけた。

「がんばって勉強して、特進に来ればいいのよ」

そう言って両脚を曲げて床に下ろしたまま、仰向けに寝ころんだ。股間が、研介の目の高さになった。

「でも、サービス、見せてあげる」

バスタオルをはずし、脚を少し開くと、翳りではない黒い茂みが剝き出しになった。

先生は右の手のひらで股間を覆い隠した。

「ほら、もっとこっちに来て。触っちゃだめよ。見るだけでも、中学生なんだから、マスかけるでしょう？　近くで見ていいのよ、ほら」

違う——。そんなことをするために戻ってきたんじゃない——。

研介は震える声で言った。

「僕……先生を救い出したいんです、ここから……」

先生はなにも応えなかった。体も起こさない。右手だけが動いた。股間の割れ目を、人差し指と中指で押し広げた。

ピンク色の肉ひだが、ぬめぬめと妖《あや》しく光りながら――なめくじの肌のようにうごめいている。

「研介くんは、ここ見るの、初めて？」

仰向けになったまま言う悦子先生の声が、研介の背後に回り込んで、耳の後ろを撫でる。

研介はかすれた声で「はい……」と言った。

「想像してたのと比べて、どう？　思ってたほど、きれいじゃないでしょ」

黙ってうなずいた。

「においもすごいのよ、いまはシャワーで洗ったあとだからそうでもないけど、すぐに蒸《む》れて、おしっこのにおいも交じって、生理の前になるとチーズみたいなにおいもして……臭いの、体の中でいちばん臭いところなの……」

先生の口調は淡々として、声に抑揚はほとんどない。感情も読み取れない。先生をここから救い出す――研介の言葉をまともに受け止めてくれたのかどうかも、わからない。

「におい、嗅《か》いでみれば？」

ひだがある。外側のひだより淡いピンクだったが、湿り気はずっと多そうで、指で触れればそのまま溶けてしまいそうな、逆に指がずぶずぶと沈み込んでしまいそうな──いつかテレビで見た胃カメラの映像を、ふと思いだす。

「……いえ、いいです」

「嗅ぎなさいよ、ほら」

先生は両手を使って、岸辺をさらに押し広げた。ピンク色の肉ひだの奥に、さらに

「もっと顔を寄せて」

先生の言葉に導かれて、正座したまま上体を前に傾けた。顔が両脚の間に入った、その瞬間──先生はベッドの縁に垂れ落としていた両脚を上げて研介の肩に載せ、首の後ろで足首を交差させて、ぐい、と膝を曲げて研介の体を引き寄せた。正座の膝が崩れ、前のめりになった上体を床に手をついて支え、顔は股間のすぐ前まで来た。

「においを嗅いでみて」

言われたとおりにした。するしかなかった。首筋にからみつく先生のふくらはぎの、やわらかな感触が、背筋を伝って腰を痺れさせる。とびきり上等なティッシュペーパーが、触れるか触れないかの微妙な強さで肌を撫でる、そんな感じだった。

先生の泉は、本人が言うほど臭くはなかった。石鹸《せっけん》の香りの奥に、わずかに甘酸っ

ぱい生臭さがある。花の蜜に似ている。きっと、その甘酸っぱさは、花びらが開くにつれて甘さを増していくのだろう、という気もした。

「臭いでしょう？」

「……いえ」

「無理しなくていいのよ。臭いのよ、ここは。臭くて、臭くて、汚いの」

「……そんなこと、ないです」

「あなたは初めてだからそう思うだけ。これからね、研介くんもおとなになって、いろんな女の子と、たくさんセックスして、そうしたら、だんだんわかってくるから。女のひとのあそこなんて、ちっともきれいじゃない、薄汚れて、どうしようもないんだ、って」

研介はうなずかない。黙って、先生の股間を見つめる。生まれて初めて目の当たりにする、女性器だった。いままで想像していた「穴」や「割れ目」ではない。もっとむっちりとして、もっとなまめかしく、もっと湿り気を帯びて、もっと厚ぼったく、もっとやわらかで……。

顔を埋めた。考えてそうしたのではなく、蝶《ちょう》や蜂《はち》が生きていくための本能として花びらに引き寄せられ、蜜を吸うように、先生の泉に口をつけた。

「なんで？」

先生は言った。意外そうな、困惑したような、もどかしそうな、そして、悲しそうな声だった。

「ねえ……なんで、そんなことするのよ……臭いでしょ？　汚いでしょう？」

言いながら、両手の指で泉の岸辺をさらに、さらに、押し広げる。

研介は鼻の頭を先生の泉にひたす。唇を岸辺に押し当てて、舌を無我夢中で動かす。

床に膝をつき、両手も床について、先生の両脚が巻きついた首を伸ばして、まるで鎖につながれた犬のようだ——と思う。そのみっともない格好が、教師の股間を貪る生徒には、なによりふさわしいのかもしれない、とも。

「……バカみたい」先生は吐き捨てるようにつぶやく。「ねえ、バカなんじゃないの？　汚いと思わないの？　おしっこの穴も舐めてるのよ、きみ。うんちの穴だって、すぐそこなのよ。わかってるの？　こんなに汚いところに、どうして口をつけられるわけ？」

仰向けになった先生が天井に向かってつぶやく言葉は、そのまま、先生自身に降り注ぐ。研介はなにも応えず、ただ唇と舌を動かしつづける。

「バカだよね、ほんとに、バカ……男って、バカしかいない……こんなところのどこがいいの？　ねえ、わかってるの？　さっきまで、ここに研介くんの知らない高校生のおちんちんが入ってたのよ。昨日も、おとといも、毎日毎日……いろんな子のおちんちん、入って、中で出して……汚いでしょ、ねえ、汚いでしょう？」

泉が潤んできた。蜜が湧き、甘い香りがたちのぼって、その香りごと啜《すす》り込むように舌を動かしながら、研介は目を閉じる。

ふわっ、と背中から浮き上がる感覚に包まれた。驚いて目を開けると――先生の裸体を真上から見つめていた。先生の股間に顔を埋める自分の姿も、ある。まなざしが宙に浮いていた。

先生と目が合ったが、先生に気づいた様子はない。先生の表情は、つぶやく口調どおりの薄笑いをたたえていた。すべてをあきらめて、どうでもいい、と投げやりになって、また口が動く。

「悪いけど、ちっとも気持ちよくないわよ。全然よくない。もうね、そういうのでいちいち感じてたら、あそこが壊れちゃうから……なにも感じない」

虚空《こくう》を見つめる目に、奥行きはない。温もりもない。うつろなまなざしが、さまようように揺れる。

十四歳の研介は、なにも応えることなく、ただひたすらに泉から湧き出る蜜を啜っている。先生の声が聞こえていないのか、聞こえていないふりをしているのか、二十六歳の研介のまなざしは、哀れで滑稽《こっけい》なかつての自分の背中をじっと見つめる。

「研介くん……先生のことなんかどうでもいいから、早くマスかきなさい。おちんちん勃《た》ってる？　勃ってるでしょ？　したいんでしょ？　使い古しのあそこより手のほうが気持ちいいから、早くしちゃいなさいよ。ずっとじらしてたんだから、すぐ出ちゃうんじゃない？」

先生はまた薄笑いを浮かべる。悲しい顔だった。二十六歳の研介をすり抜けて天井を見つめる目が、涙で潤んでいた。

十四歳の研介は無言で、無心に、先生の泉を舐める。快感を与えるという余裕などなく、自らの快楽のために貪るのでもなく、舌を伸ばし、唇の裏側を押しつけて、泉を愛していく。

ああ――。二十六歳のまなざしが気づく。俺もいま泣いているんだ。あの頃の俺は、いま、泣く代わりに先生のあそこを舐めているんだ――。

先生は、やれやれ、と息をついて、研介の右肩に載せた脚を下ろした。つま先が、研介の股間に当たる。

「勃ってるじゃない」

制服のズボンの上から、ぐい、と押す。ぐい、ぐい、ぐい、と押して、円を描くようにこねる。研介は、びくん、と腰を退《ひ》いた。だが、先生のつま先はペニスを押さえつけたまま、リズミカルに動く。

「パンツ汚れちゃうけど、すぐに洗ってあげるから……出してごらん」

生徒のペニスを踏みながら、先生は泣いていた。嗚咽《おえつ》のない泣き方だった。目尻からこぼれた涙が、こめかみを伝い落ちて、シーツに染みる。

二十六歳の研介が中空から見つめるなか、十四歳の研介の腰がひときわ大きく跳ねた。床についた膝小僧がガクガクッと震え、先生の股間に埋めた口からうめき声が漏れた。

あっけない――けれど、ブリーフを越えてズボンも濡らしてしまうほど強い射精だった。

＊

全裸の悦子先生と、下半身だけ裸になった十四歳の研介が、ベッドに並んで横たわる。スイッチを入れたばかりのオイルヒーターから、カチッ、カチッとオイルやパイプが温もっていく音が聞こえる。ヒーターのフィンの上には水洗いしたブリーフが掛けられ、すぐそばの床には、ジッパーの周囲を洗った制服のズボンが広げて置いてある。

「時間かかるかもしれないから……パンツだけでも、コンビニで買ってきてあげようか？」

先生の声は、さっきまでとは違う。教師の声だった。研介が「だいじょうぶです」と細い声で言うと、「ごめんね」と笑って、研介の耳を軽くひっかくように触る。

「あんなことするつもりじゃなかったの。させてあげようとは思ってたんだけど……ちゃんとズボンやパンツを脱いで、自分でさせてあげようと思ってたんだけど……」

研介は黙って首を横に振る。耳のくすぐったさが首筋や肩や、それから急に飛んで、脇腹をこわばらせる。

「乾くまで待ってると、帰り、遅くなっちゃうわよ」

「……だいじょうぶです」

うわずった声で答えると、先生はふふっと笑って、研介の太股に手を這わせた。

「やっぱり高校生とは違うわね、つるつるしてる、まだ」

指先がペニスのまわりの茂みに触れる。陰毛が生えてきたのは一年生の二学期になってからだった。一年半たってだいぶ濃く生え揃《そろ》ってはきたが、さっき見た高校三年生の茂みと比べると、毛の太さも、縮れぐあいも見劣りする。

だが、先生は陰毛を指に巻きつけながら、「やわらかいのよね、うん、中学生の頃って」と思い出をたどるように言った。「ずうっと、このままだといいのにね……」

指は、ペニスにも触れる。ほんのわずかの刺激で、ペニスはまたむくむくと勃起した。先生は亀頭を半分ほど覆う包皮を引き下げて、「剝けきってないのがいいのよね」と笑う。

研介は太股に力を込め、息を詰めた。エレベータの中で一度、先生のつま先に踏まれてもう一度――三度目も、あっという間に達してしまいそうだった。

先生もそれに気づいたのか、ペニスをつまむ手を浮かせて、「すごいね、おサルさんみたい」と言う。突き放すような言い方だったが、声に冷たさはない。むしろ、サルのように勃起を繰り返す男の愚かしさを愛おしんでいるようにも聞こえた。

「研介くん」

「……はい」

「あなた、さっき、わたしをここから救い出すって言ったよね。それ、いまでも本気で思ってるの？」

「……思ってます」

「じゃあ、空っぽにして。睾丸《こうがん》の中に溜まってるのを全部出して、もう、おちんちんがすり切れちゃって、いくらいじっても勃たなくなるまで、抜いてくれる？　できる？　それ」

研介が答える前に、先生は上体を起こし、ぷるん、と揺れる乳房の先で研介の胸を撫でた。

「ほんとうに嫌なの、自分のあそこも、男の子の固くなったおちんちんも、汚くて、あんなの、もう、嫌なの」

顔を研介の耳元に寄せる。「先生はね、くにゅくにゅって小さくなったおちんちんが好きなの」と笑ってささやき、耳たぶを軽く嚙んだ。触られたわけではないのに、ペニスはさらに固くなる。熱くなる。亀頭が、ぐっ、と張ったのがわかる。

「先生がしてあげるから、抜いて」

雁《かり》の下を表と裏からつままれ、しごかれた。

「おっぱいだけ、吸っていいわよ。でも、あそこは汚いからやめて」

乳首にむしゃぶりついた——と同時に、射精した。先生は精液を手のひらで受けて、それをペニスに塗り込んで、またしごきはじめる。勃起すると、「早ーい」と笑って、もう一方の手で研介の頭を胸に抱き寄せた。

＊

それから、七回、した。

一日に十回。マスターベーションでそこまでの回数をしたことはなかったし、できるとも思わなかったし、最後の二、三回は雁がひりついて、痛みに耐えているうちに射精した。亀頭の先から垂れ落ちる精液は粘り気をなくし、射精のあとは下腹が締めつけられるように痛くなった。

十回目の射精のあと、先生はペニスを口に含んだが、萎えたペニスは、もうほとんど反応しない。それを確かめて、先生はやっと満足したようにベッドから下りた。

「パンツやズボンも乾いてるから、すぐに服を着てくれる？」

窓の外はもう暗くなっていた。

「家に電話しなくていいの？　お父さんやお母さん、心配しない？」

「……あとで、します」

先生は、まあいいけど、というふうに軽くうなずき、クローゼットのドアを開ける。

「研介くんに、いまから付き合ってほしいところがあるの」

理事長と会う——。

クローゼットから取り出したのは、服ではなく、ビデオテープだった。これを見てごらん、とクローゼットの中を指差すと、そこにはビデオデッキがあった。先生の指はカーテンレールへと移り――小さな隠しカメラを、差した。

＊

二人は夜の街を歩く。駅へ向かって、ぴったりと寄り添って。傍目《はため》には先生のほうが腕をからめて甘えているように見えても、ほんとうは逆だ。研介のほうが支えられている。

腰がふらつく。足に力が入らない。街灯や店の看板や車のヘッドライトがまぶしくてしかたない。頭がぼうっとしたままだった。出がけに先生に告げられた言葉が、もやに包まれて、頭の奥にある。

「理事長は、わたしの父親なの」

制服のポケットの中には、ずしりと持ち重りのするサバイバルナイフ――先生に渡された。

「ここから先生を救い出すって、研介くん、約束してくれたわよね」

笑いながら、言われたのだった。

7

悦子先生が研介を連れて向かった先は、新宿のシティホテルだった。

「あそこ、ひりひりしてない？」

ロビーを歩きながら、先生は研介の耳元でささやき、クスッと笑う。

「……一緒に行って、いいんですか？」

研介の声は不安と緊張で揺れていた。ホテルのロビーはスーツ姿のおとながたくさんいて、制服のままの中学生など一人もいない。それだけでも気《け》おされてしまうのに、上着のポケットの中には――ナイフまで入っている。

「怖くなった？」

先生は研介の腕に自分の腕をきつく巻きつけた。ベルボーイがちらりとこっちを見る。

「ここで……誰と会うんですか」

「さっき言ったじゃない、理事長が待ってるの。わかる？　学校でいちばん偉いひと。業務命令なんだから逆らえないのよ、わたしたち下っ端の教師は。つらいつらい、おとなは大変なんだから……研介くんも、いつかわかると思うけどね」

「でも……」

「先生を救い出してくれるんだよね」

ぴしゃりと言われた。ポケットの中のナイフの重みが、不意に増した。

「口だけなら、もう帰っていいわよ」

先生の声は研介を突き放す。なのに、からめた腕は、さらに強く研介を引き寄せる。

「どうする？　怖いんだったら、もういいから。ここで帰ってくれる？」

「……帰りません」

「がんばって救い出す、って？」

からかうように返した先生は、まあいいけど、と笑いながらつぶやいた。醒《さ》めた笑い方――高等部の生徒に抱かれているときの、あのうつろなまなざしと同じような、厚みも温もりもない笑い声が、研介の耳をざらつかせる。

先生は研介を連れてロビーの奥のエレベータホールへ向かう。歩きながら、また声をやわらげて、つづけた。

「理事長はね、すごく変なひとなの。おかしいの。変わってるっていうか、ちょっと病気なのよね。研介くんもすぐにわかると思うけど、あのひと、かわいそうな病気だから」

「あの……」

「うん？」

「親子って……ほんとなんですか？」

「そうよ」

先生は軽く応え、「理事長が父親で、わたしは一人娘」とつづけて、研介の困惑を愉《たの》しむように「でも、血はつながってないけどね」と付け加えた。

扉の開いていたエレベータに乗り込んだ。先生が高層階――エグゼクティブ・フロアのボタンを押すと扉は静かに閉まり、エレベータは音もなく上昇を始めた。他の客は誰もいない。シースルーのエレベータだった。上昇につれて、東京の夜景が広がっていく。

「お母さん、心配してない？　だいじょうぶなの？」

密室に入ったせいなのか、先生のささやく声がさっきより大きく響く。研介は黙ってうなずいた。まだ家に連絡はしていない。電話で母親の声を聞いてしまうと、張り詰めていたものがいっぺんに萎《な》えて、すべてが――なぎさの媚薬《びやく》によっていざなわれた夢の世界すべてが、粉々に砕け散っておしまいになってしまいそうな気がした。

「ねえ、研介くん。いまから、きみが見ることは……たぶん、きみの常識からすると信じられないことだと思うの。でも、絶対に騒がないで。黙って、じいっと見ててくれる？」

「……はい」

「ナイフはいつ使ってもいいし、どう使ってもいいから」

先生はそう言って、すっと体を離した。研介から目をそらし、色とりどりの光の粒を撒《ま》き散らした夜景を見つめて、もう一言つづける。

「刺す相手が誰になっても……先生は、恨んだりしないから……」

頭がくらっとして、足元がふらついた。エレベータがエグゼクティブ・フロアに着いたのだった。

＊

ガウン姿の理事長は、悦子先生の後についてスイートルームに入ってきた研介を見て、ぎょっとした顔になった。

「だいじょうぶです、この子は」

先生は研介を部屋の隅に立たせ、自分は理事長と斜めに向き合うような格好でソファーに座った。

「……中等部だな、その制服は」

「そう。今度三年生になる子。心配しないでいいですよ、この子、もうぜんぶ知ってますから」

「ぜんぶ……なのか？」

「ええ。ぜんぶ、です」

先生は理事長が飲んでいたワイングラスを手に取った。グラスに半分ほど残っていた赤ワインを一息に飲み干し、ふーう、と息をついて、「おとうさんも、そういうの、好きだと思って」と笑う。「そうでしょう？」

理事長は含み笑いを浮かべて、空になったグラスにまたワインを満たす。

「きみは」研介を振り向いた表情に、余裕と、無遠慮に睨《ね》め付ける粘っこさが宿っていた。「来年は高等部に進むんだろう？」

「……はい」

「志望校はもう考えてるのか？　東大か？　早稲田か？」

「いちおう……東大です……」

理事長は満足げにうなずいて、今度は自分でワインを一口飲んで、大きな――下品なげっぷをした。

理事長が中等部の生徒の前に姿を見せるのは、学期の始業式や終業式で挨拶《あいさつ》をするときだけだ。教育の理想や理念などいっさい語らない。社会で生きていく際に学歴がいかに大切か、そのためには中学時代からの努力がいかに重要か、高等部の受験体制がいかに整っているか、全国模試で我がS学院がいかに優秀な成績を挙げているか……。

「東大志望なら、高等部で特進コースに入れそうなのか？」

研介に代わって、先生が「だいじょうぶですよ」と答えた。「この子、きっと、すごく優秀だと思います」

本気にしているのかしていないのか、理事長は、なるほどねえ、とうなずきながら、あらためて研介を見つめた。値踏みするような視線が、頭からつま先までじろじろとまとわりつく。

でっぷり太って、脂ぎった顔をした男だ。マスコミに登場するたびに「学校はサービス業だ」と言い放ち、今後十年間で東大合格者を倍増させて開成や麻布と並ぶレベルに押し上げることを至上の目的として、そのためには……自分の娘すら、生徒の生《い》け贄《にえ》にしてしまう男なのだろうか……。

研介はこわばった顔で二人を見つめ、何度も唾を呑《の》み込んだ。

受験のため、だけではない――。

もっと別の、なにかがある――。

理事長は「かわいそうな病気」にかかっている、と先生は言ったのだ。嘲《あざけ》るように。憐《あわ》れむように。けれど、微妙に愛おしむように、先生はそう言っていたのだ。

＊

先生はバッグからビデオテープを出して、大型のテレビモニターに内蔵されたデッキにセットした。理事長は「ほんとに、いいのか？」と研介をちらりと見る。「やっかいなことにならないだろうな……」

「だいじょうぶですよ」

先生は笑いながら研介を振り向いた。

「ねえ、研介くんは、ちゃんと秘密守れるわよね？」――幼い子どもにかけるような声で言って、理事長に向き直り、「心配要りませんって」と念を押して言う。

「まあ……悦子が言うんなら、だいじょうぶだと思うがな……」

「それに、研介くん、もう逃げられないんですよ」

「うん？」

「この子も、共犯」

先生はさらりと言って、電源を入れていないテレビモニターを指さした。

「……映ってるのか」

「ええ。たーくさん、映ってます」

先生の言葉に、理事長は顔色を変えた。研介を振り向く目つきが急に鋭くなって、

「……悦子、おまえ、こいつとしたのか」と訊《き》く声も、うめくように低くくぐもった。

「させてません、最後までは。でも、まあ、口や手で、お互いに、ね」

先生の言葉の響きは、驚くほど軽い。研介を見て「気持ちよかったでしょ、さっき」と笑う声にも屈託がない。だから——研介の頭は混乱して、またくらくらする。足元もふらつく。

先生は服を脱ぎはじめた。ブラウスのボタンをはずし、スカートのホックをはずして、「ねえ、悔しい？」と理事長に訊く。「悔しいでしょう？　おとうさん、悔しくて悔しくて、しょうがないでしょう？」

見る間に全裸になった先生は、リモコンでモニターのスイッチを入れ、ビデオテープの再生を始めた。画面に、昼間の先生が映し出される。ニキビ面《づら》の高等部の生徒も、いる。

「今日は、こいつだったのか」

「そう。汗くさくって、はあはあ言って、大変だったんだけど……あそこは、なかなかだったの。雁《かり》もよく張ってて、太くて、固くて……」

全裸の先生は、モニターから少し離れた位置に立った。理事長はグラスに残ったワインを呷《あお》るように飲み干して、ガウンを脱ぎ捨てる。理事長もガウンの下は全裸だった。でっぷりと太った体、突き出したおなか、そして――まだ勃起《ぼっき》していないペニスが、陰毛の茂みから、だらんと垂れ下がっている。

「悦子」

「はい」

「嫌だったか……気持ち悪かったか、あんな男に抱かれて……」

理事長は先生の背後にひざまずいて、尻を後ろから抱いた。

「嫌でした」先生はぽつりと言う。「すごく嫌でした、わたし」

「悦子……どこを触られた」

「ぜんぶです」

「舐《な》められたのか？」

「はい、あそこも、おっぱいも、ぜんぶ舐められました」

「嫌だったのか……嫌だったんだな、なあ、悦子……」

理事長は先生の背中に頬ずりしながら、「かわいそうに、かわいそうに……」と繰り返す。尻を抱いていた両手が、後ろから乳房に回る。太い指が、ゆっくりと先生の乳房を揉《も》みしだく。

モニターの画面の中で、先生はニキビ面のズボンとトランクスを膝まで下げて、ペニスをしゃぶっていた。ぴちゃ、ぴちゃ、と音がした。その音を聞き、画面をにらみつけた理事長は、うめきながら、ひざまずいた体を沈め、先生の尻の下に顔をつけた。

「おとうさん」

先生が言った。鼻にかかった、甘い声だった。

「ねえ、おとうさん……きれいにしてください、わたしを……」

両脚を少し開いて、理事長の顔を股間に挟み込んだ。

「わかってる、わかってる……悦子、おとうさんがきれいにしてやる……ちゃんと、きれいにしてやるからな……」

理事長は顎《あご》を突き出して、下から先生の股間を舐めはじめた。モニターから流れる音をかき消そうとするかのように、理事長の舌の動きはしだいに激しさを増していく。

先生は両手で理事長の頭を軽く押さえた。天井を見上げ、目を閉じて、「ああ……」

と吐息を漏らした。

＊

どういうことなんだ――。

二十六歳の研介が、部屋の光景を虚空《こくう》から見つめながらつぶやくと、なぎさのクスッと笑う声が聞こえた。

びっくりしましたか？

どういうことなんだよ、これ、ほんとうに……。

「かわいそうな病気」なんですよ、理事長も、悦子先生も。

親子だろう、この二人は……。

血はつながっていませんから、ただの男と女です。

なぎさはそう言って、おとなのね、と付け加えた。

おとなの男と女が、薄暗いホテルの部屋で、モニターの映像の明かりを浴びて、からみあう。もっとも、先生は立ったままほとんど動いていなかった。動くのは理事長だけ――いま、先生の足元に四つん這《ば》いになって、足の指をしゃぶりはじめた。全身を舐めている。それが先生を「きれいにしてやる」ということなのだろうか。

「おとうさん、見て」

モニターの画面の中では、ワンルームマンションの床に横たわった先生が、ニキビ面に乳房を貪《むさぼ》られていた。先生はニキビ面の背中に手を回し、「いいわよお、すごくじょうずよ……」と言いながら、そっぽを向いている。

「研介くんがいたの。玄関のドアのところから、ずうっと、わたしを見てたの……おちんちん大きくして、いやらしい目で、わたしを見てたの……」

理事長は先生の足首を舐めながら、十四歳の研介を振り向いた。怖い目でにらみつける。

「見てたのか、おまえ……悦子が、こんなにひどいことされてるのを、おまえは……黙って見てたのか……」

「いやらしいのよ、この子。まだ中学生のくせに」

先生の声は、研介を邪険に突き放した。十四歳の研介はなにも応えられない。身じろぐことすらできずに、無言で、息を詰めて、ただじっと二人を見つめる。

「ねえ、おとうさん。この子、ナイフ持ってるのよ」

「……うん？」

「ナイフ。わかる？　ナイフを持ってるから、わたしたち、刺されちゃうかもしれないの。どう？　それ、いいと思わない？　わたし、すごくいいの」

どういうことだ――？　二十六歳の研介がうめく。なあ、これ、どういうことなんだよ、いったい――。

なぎさの返事はない。いつのまにか気配も消えていた。

理事長は舌を先生のふくらはぎに這わせながら、また研介をにらんだ。

「ナイフ……あるのか」

研介は黙ってうなずいた。理事長は怯《おび》えた様子もなく、「出してろ」と言った。「ポケットから出して、鞘《さや》からも出して、手に持ってろ」

＊

ソファーに座った理事長のペニスは、怖いほど大きくふくらんで屹立《きつりつ》していた。先生は、そこにゆっくりとまたがった。尻を軽く振って、股間にペニスが収まったとき、「あ……ん」とうれしそうな吐息を漏らして、ソファーの背もたれに手をかけて体を支えた。

研介を振り向く。右手にナイフが握られているのを見て、そうよ、それでいいの、というふうに笑って、また理事長に向き直る。そして、踊るように尻をくねらせはじめた。

教えてくれ——。

俺は、こんな光景を見せつけられ、こんな思いをするために、過去に戻ってきたのか——？

十四歳の体を借りた二十六歳の研介が、うめく。声にはならない。喉の奥に真っ赤になった焼きゴテが押しつけられたようだった。

悦子先生は理事長の上にまたがって尻を振る。円を描くように、ゆっくりと。いかにもやわらかそうな尻の肉が、ときどき、きゅっと引き締まる。そのたびに尻と腰の間にくぼみができて、力をゆるめると、消える。乳房が背中に隠れたせいだろうか、前から見ているときよりもウエストのくびれがくっきりとしている。そのぶん尻も大きく見える。左右に分かれた肉の狭間《はざま》の翳《かげ》りも、そこを刺し貫く理事長のペニスも、はっきりと見て取れる。

研介は右手に持ったナイフの柄《つか》を強く握りしめた。しっかりと握っていないと、手から落ちてしまいそうだった。

刺す——？　そんなこと、できない。こうして柄を握っているだけで精一杯だった。

先生は尻を振りながら、何度か研介を振り向く。うつろなまなざしで研介を見て、かすかに頰をゆるめて、また壁に向き直る。待っているのだろうか。理事長を早く刺してくれ、と訴えているのだろうか。違う——先生がナイフで刺してほしいと願っているのは、自分自身のほうなのだろうか……。

尻の動きがしだいに激しくなってきた。先生の腰を摑《つか》んでいた理事長の大きな手のひらが、下に降りる。尻を鷲摑《わしづか》みにした。谷間を押し広げた。そして、太い指が谷間の後ろのほうの一点を揉みしだく。

「だめぇ……そこ……嫌なの……」

先生は首を横に振る。長い髪が揺れる。理事長は低い声で笑った。指をさらに強く、深く、谷間の一点に押しつけた。

「ここ、どこだ」笑いながら訊く。「言ってみろ、いま、どこをいじられてるんだ」

「……だめ、です……そんなの……」

「いつも言ってることだろ。ほら、早く言え」

「……嫌ぁ……」

「聞かせてやれよ、かわいい生徒に。ここ、なんていうんだ、英語で、ほら、ここだよ、ここ」

先生の腋《わき》の下から、理事長の顔がちらりと覗《のぞ》いた。目が合った。先生と同じような、厚みのない、うつろなまなざしだった。

理事長は「早く言え」と吐き捨てて、指を鉤《かぎ》のように曲げた。先生の尻の谷間の一点を、かりかり、と爪の先でひっかいた。

尻がすぼまる。腰の下のくぼみが深くなる。先生は悲鳴とも吐息ともつかない声を漏らし、長く尾を引いて吐き出した息の最後で、ささやくように言った。

「……アヌス」

「ここか？　ここがそうなのか？」

理事長は両手の指を使って、先生のアヌスを押し広げようとする。やだ、やだ、と先生は壁についていた手を後ろに回して、理事長の手を払いのけようとした。だが、本気で拒んではいない。悲しそうな声とは裏腹に、先生の手の動きはいかにも形だけのもので、理事長が低く笑って乳首を吸うと、体がびくっと跳ねて、手はあっけなく壁に戻ってしまった。

「アヌス……日本語でなんて言うんだっけ。教えてやれよ、生徒に」

「お願い……やめて……」

「アヌスだけじゃわからないって言ってるんだ、生徒が。質問してるんだ。教えてやるのが教師の仕事だろう」

理事長はそう言って、先生のアヌスをさらに押し広げた。黒ずんだひだがあらわになる。その中心の、皺《しわ》の寄った一点も、はっきりと見て取れた。

「ほら、日本語で言ってやれ」

言葉と同時に、理事長は腰を何度か上下に振った。尻の陰になっていたペニスがずるりと谷間から胴体を覗かせ、また、ゆっくりと翳りの中に突き刺さる。乳首を吸った。ちゅう、ちゅう、と大きな音をたてて。

「……お尻の穴、です……」

「他の言い方もあるだろ。もっとはっきり言ってやらなきゃ、わからないぞ、生徒は」

「……もん」

「聞こえないだろ。もっと大きな声で言え。ほら、ここだよ、ここ」

押し広げたアヌスに人差し指が当たる。先生が尻をさらにきつくすぼめると、黒ずんだひだも縮んだ。

「……こう、もん」

先生は泣きだしそうな声で言うと、理事長の腰の動きが待ちきれないように、大きく腰を振りはじめた。

「肛門です……ここ、肛門なんです……肛門です……」

声に涙が交じる。理事長は嘲るように笑って尻から手を離し、両方の乳首をつまんだ。

先生は腰を振りながら、研介をちらりと振り向いた。泣いていた。だが、口元はだらしなくゆるみ、研介を見つめるまなざしはうつろで、腰の動きはいっそう激しくなって……頬を伝っているのは快楽の涙なのだ——と、知った。

研介はうめく。声にならない声で、叫ぶ。

教えてくれ——。

俺はこんな先生に会うためにここに来たんじゃないんだ——。

教えてくれ、なぎさ——。

＊

「かわいそうなひとなんです」

なぎさは静かに言った。ミルク色の霧の中、全裸で立ちつくす研介の前にひざまずき、胸板に舌を這わせながら。

「悦子先生も理事長も、とてもかわいそうなひとたちなんです」

なぎさも全裸だった。見下ろすと、細い肩の線が、霧に半ば溶け込んでいた。研介は思わず手をなぎさの肩にかけた。ここになぎさがいて、ここに自分がいる、というのを確かめるように、少し強く摑んだ。

なぎさは舌を伸ばして研介の乳首を舐めながら、上目づかいに研介を見つめる。目が合うと、しかたないですよ、というふうに寂しそうに微笑んだ。

「あの二人……親子だけど、血はつながってない、って……」

研介は震える声で言った。米粒のような小さな乳首が、舌先の与える刺激に固くなっていくのがわかる。ペニスはとうに勃起していて、身震いする亀頭の先に、なぎさの乳房がさわさわと触れる。

「義理の親子です。先生のお母さんが再婚した相手が、あの理事長だったんです。先生がまだ幼くて、男と女のことなんて、なにも知らなかった頃のことです」

なぎさは淡々とした口調で言う。研介が黙ってうなずくと、たちこめる霧はさらに濃くなって、とろりとした粘りけも感じるようになった。

「理事長は若い頃から野心家でした。昔はもっと痩《や》せていて、精悍《せいかん》で、エネルギッシュで……悦子先生は憧《あこが》れていたんです、血のつながっていない父親を、年上の男性として」

研介は息を吞む。霧の中に、全裸で絡み合う男と女の姿が浮かんでいた。理事長と悦子先生だ。二人ともまだ若い——悦子先生は大学生……もしかしたら、まだ高校生だろうか……。

「最初に誘ったのは、先生のほうです」

淡々としたままの声だった。だからこそ——ナイフの切っ先のように、まっすぐ、深くまで、研介の胸を切り裂いた。

「先生は、かわいそうなひとなんです。でも、幸せなひとかもしれません」

「……どうして」

「女としての欲望が強いんです。ときには理性までねじ伏せてしまうほど。でも、それは幸せなことじゃないんですか？　世の中とか、社会とか、そういうものじゃなくて、ただの生き物として、女なんです。欲望が強くて、深くて、どうしようもなく、女、なんです」

なぎさは顔を研介の股間に埋めた。ペニスの根元から先まで、舌でゆっくりと舐めていく。

「高等部の生徒の相手をするのも……半分は、納得ずくなんです……理性でも、体でも……男のひとがいないとだめなひとなんです、彼女は」

半分は——と言った。じゃあ、残り半分は……と問い返す前に、なぎさは答えを口にした。

「理事長に脅されています」

研介はまた息を呑んだ。霧の中で抱き合う二人の体位が変わった。四つん這いになった先生を、理事長は後ろから抱いていた。すでに中年の終わりにさしかかった理事長は突き出た腹を揺すって、笑いながら、先生の尻を抱いていた。先生は、いまよりも髪が短い。教師になったばかりなのだろうか。

「……脅されてる、って？」

「母親です」

「え？」

「自分との関係を母親にばらす、って……わかります？　その意味」

なぎさの舌は、ペニスの裏に回る。根元から、さらに睾丸《こうがん》の皺をなぞっていく。くすぐったさに思わず腰を退くと、上目づかいでクスッと笑われた。

「お母さんに知られたくないんです、先生は。だって、そうですよね、自分の母親から男を寝取ったことになるわけだから」

霧の中に、もう一人の女が加わった。

悦子先生とよく似た顔立ちの、中年の女が、先生と並んで四つん這いになっている。

理事長は先生のヴァギナから抜いたペニスを、中年の女――先生の母親の股間に突き立てる。母娘を並べて犯している。あえぎ声をあげる母親の隣で、ペニスを失った先生は、もどかしそうに尻を左右に振る。それを見て理事長が笑う。嘲るように、勝ち誇るように、腹を揺すって笑う。

「お母さんは、理事長から離れられません。心も、体も。理事長もそれをわかっていて、先生を脅すんです」

「でも、そんな……」

「母一人子一人で、ずっと生きてきた親子なんです。再婚するまでのお母さんの苦労も、寂しさも、先生は誰よりもわかっているんです。でも、理事長を寝取っちゃうんです。お母さんに心の中で詫《わ》びながら理事長に抱かれて、逃げだしたいような思いで生徒に抱かれて、でも、次から次に生徒に抱かれることで……理事長と会うときの喜びがもっと深くなるんです」

なぎさはペニスを根元まで口に含んだ。唇と舌でゆっくりとしごきながら――聞こえるはずのない声が、研介の耳の奥に直接響く。

「悲しいひとでしょう？　悦子先生は」

亀頭を吸われた。

「悲しくて……でも喜んでるんです、あのひとは」

雁の下を、甘噛《あまが》みされた。

「喜んでるけど……悲しい……幸せなのに……不幸……」

口と手で、ペニスをしごく。

研介は両手をなぎさの頬に添えて、顔をゆがめながら言った。

「……助けてほしいって言ったんだ」

なぎさの口と手の動きが止まる。

「先生は……俺に、ここから救い出してほしいって……そう言ってくれたんだ……」

腰を退くと、ペニスは意外とあっけなく、なぎさの口からはずれた。

なぎさはひざまずいたまま、やれやれ、というふうに息をついた。

「ナイフ、使うんですか？」

うなずきかけた顎が、途中で止まる。霧の中で四つん這いになった二人の女と目が合った。先生も、先生の母親も、うつろなまなざしだった。すべての感情を失ったあとに、薄笑いだけが残っていた。

「ナイフで刺すんですか？」

今度は——ためらいながらも、最後までうなずいた。

「理事長のほう、ですか？」

「……違う」

研介は先生をじっと見つめる。先生は目をそらさない。だが、研介のまなざしを受け止めているのかどうかは、わからない。

「先生を刺すんですか」

なぎさは、まるで最初からその答えがわかっていたかのように、「それでいいんですか？」と訊く。「先生を救い出すんじゃなかったんですか？」

研介は唇を噛みしめて、ゆっくりと首を横に振った。

「先生は……刺されたほうが……幸せなんだ……」

なぎさは黙って、またペニスをくわえようとした。研介は身をよじってそれを拒み、一歩後ずさって距離をとった。固く勃起したペニスは、あとわずかの刺激で射精へと至りそうだったが、達して、果てたとたん、自分の決意まで萎えてしまいそうな気がする。

「最後まで、しなくていいんですか？」

なぎさが訊く。「いいんだ」と研介が答えると、訝《いぶか》しげな表情に、寂しさとやるせなさが交じる。

そして――。

「あなたは、おとなになって戻ってきたんじゃなかったんですか？」

声の響きだけを残して、なぎさの姿が消える。うつろなまなざしの三人の姿も消える。

霧が晴れていく。ホテルの光景が、再び、目の前に浮かび上がる。

＊

理事長は、床に仰向けに寝ころんでいた。悦子先生が上になって、つながっていた。肛門を研介にさらしていたあのときからどれだけの時間が流れたのか、わからない。壁際に立ちつくしていたはずの研介自身の体も、いまは二人のすぐそばにある。右手に持ったナイフの刃が、虚空を這うようにゆっくりと、震えながら、先生に近づいていく。

「ほっぺにあててくれない？」

先生は目を閉じて言った。理事長とつながった股間から、甘酸っぱいにおいがたちのぼる。

「ねえ……お願い、研介くん、先生のほっぺに、ナイフ……ちょうだい」

言われたとおり、寝かせた刃を頬にあてた。刃の角度を少し変えるだけで、先生の頬はたちまち鮮血に染まるだろう。刃の先を突き立てたら、やわらかい頬は簡単に刺し貫かれてしまうだろう。頬から首筋に斬《き》りつけたなら、ホラー映画のように、真っ赤な血が噴き上がるかもしれない。

先生は目を開けた。うつろな目で研介を見つめ、「ひんやりしてる」と笑う。

「……今度は、おっぱいにちょうだい」

刃を乳房に移す。左の乳房——心臓の側に。

「いいわ、すごく、いい」

先生は陰毛の茂みを理事長の茂みに押しつけるように腰を振った。乳房が揺れる。ナイフの切っ先が肌に食い込んだ——と感じる間もなく、白い乳房に、一筋、赤い血の糸がにじんだ。

白い乳房に、赤い血が溜まる。さらさらと伝い落ちるのではなく、しずくがふくらむように、血が真っ赤な粒になる。果実のようだ、と思う。ひとの体を流れる血は、想像よりもずっと粘ついているのかもしれない。

研介はナイフの刃を乳房から浮かせた。切っ先が震えていた。

「……痛くない、ですか？」

声のほうが、もっと震える。

悦子先生はうつろな目で研介を見つめ、ふふっと笑って、「痛いわよ」と言った。「痛いけど……いいの、こういうのが」

そして、先生は床についていた手を上げて、研介の股間を撫でた。

「固くなってるじゃない。夕方、あんなにたくさん抜いたのに、まだ勃《た》っちゃうの？」

「だって……」

「きみも好きなんじゃないの？　こういうのが。違う？」

黙ってかぶりを振ると、「無理しなくてもいいのに」とズボンの上から睾丸を揉み、ペニスを軽くしごく。乳房が揺れる。丸く盛り上がった血のしずくも一緒に揺れながら、けれど、まだ流れ落ちてはいかない。

「研介くん……もっとナイフを近づけてくれない？」

嫌だ――。

「ねえ、今度は首筋がいいかな。頸動脈《けいどうみゃく》ってわかる？　そこにあててくれない？」

嫌だ、もう――。

「どうしたの？」

激しく何度もかぶりを振りながら、ナイフを持った手を後ろに回した。あとずさる。

腰を退く。先生の乳房の血が丸まったまま動かないかわりに、研介の頬を涙がぼろぼろと伝い落ちた。

「……泣いてるの？」

先生が顔を覗き込む。最初は笑いながらだったが、やがて先生も顔をゆがめ、感情を高ぶらせた。

「泣かないでよ、ねえ、やめて……泣いたりしないで……研介くん、やめて、お願い、泣くのやめて……」

乳房に溜まった血の果実が、やっとはじけた。ぷつん、という音がかすかに聞こえたような気がして、細く赤い糸が——まるで蛇のように、くねくねと乳房を伝い落ちていく。

研介は息を呑んだ。叫びたいのに、声が出てこない。現実ではありえない情景が目の前に広がっている。乳房につけたナイフの傷は、ほんの小さなものだった。しずくになって溜まった血の量もごくわずかだった。なのに、乳房を伝った血の糸は、いくつにも枝分かれしながら脇腹を滑り落ち、腰を這って、前に回って股間へと注がれる。

どくどく、どくどく、と血は脈打って流れつづける。地図に描かれた大河のように、血は尽きることなく、乳房からヴァギナへと流れ落ちる。注ぎ込む。そして、先生は笑う。うつろなまなざしで研介を見つめ、思いだしたように腰を振りながら、陶酔した表情で笑いつづける。

先生の下になった理事長はずっと黙り込んでいた。先生の腰の動きに応えることもなく、ソファーで先生のアヌスを弄《もてあそ》んでいたときのように両手で尻を鷲掴みにすることもなく、目をつぶり、口を半開きにして、まるで眠っているように——眠っているように、でいいのだろうか……？

研介の表情の変化に気づいた先生は、腰の動きを止めた。ふーう、と両手を理事長の胸板について息を吐き出し、ゆっくりと研介を見上げる。

「もう遅いのよ、研介くん」

「……え？」

「ぜんぶ終わっちゃったの」

先生はそう言って、理事長から体を離した。股間が浮く。ヴァギナからペニスが抜ける——はずだった。太く黒光りした理事長のペニスは、禍々《まがまが》しく屹立している——はずだった。

だが、そこには、なにもなかった。

理事長の股間は赤く染まっていた。ペニスが根元からえぐり取られていた。

理事長の両脚の間に、絞った古雑巾《ふるぞうきん》のような黒ずんだ塊が落ちていた。その正体を知った瞬間、研介の立っている床は渦を巻くように回りはじめ、ミルク色の霧が研介を包み込んだ。

*

心配しないでいいですよ。

なぎさの声がする。

あなたが悪いんじゃない、あなたはなにも悪くないんです。

ミルク色の霧の中、体を「く」の字に折り曲げて横倒しになり、頭を両手で抱え込む研介を、なぎさは背中から包むように抱いてくれていた。

「教えてくれよ……なにもわからないんだ、俺には……」

なぎさは「それでいいんです」と言って、細く長い指で研介の耳の起伏をなぞる。

「過去に戻ったんじゃなかったのか？　俺、先生を救うために過去に戻ったんだろう？　そうなんだろう？」

「ええ……そうです」

「だったら、なんでこんなことになっちゃうんだよ、なあ、おかしいよ、こんなの、狂ってるよ……」

　なぎさの指は耳の後ろから首筋に回り、胸を這って、研介の小さな固い乳首をつまんだ。

「あなたは先生を半分救いました」

「半分？」

「そう、理事長はもう動きません。先生をいたぶることも、先生を愛することも、先生に愛されることもできなくなりました」

「動かないって……死んだのか？　なあ、俺が……ナイフで……殺しちゃったのか？」

「どうだと思います？」

「どうって……そんな……だって、俺、なにも……」

「心配しないでもいいんです。あなたはなにも悪くないんですから」

　最初の言葉を繰り返して、なぎさは顔を研介の背中に寄せた。

　舌が動く。ちろちろと背中を這っていく。骨から微妙に離れた位置。筋肉と筋肉の間の、くぼんでやわらかいところ。舌先がそこを狙《ねら》って撫でるたびに、肌の表面ではなく、肌と肉のちょうど境目に快感が湧き起こる。

「あなたは悪くありません」

なぎさの声が聞こえる。舌は途切れることなく背中を愛撫《あいぶ》しているのに、声はくっきりと、耳元で響く。

「あなたは先生を救い出した。それは確かなんです」

「なんで……」

「あなたが戻っていった過去は、すでに別のひとによって書き換えられた過去なんです」

別のひと――。

「そのひとが望んだ先生の姿が、あなたの目の前の先生なんです」

そのひと――。

「ペニスをナイフでえぐり取られて息絶えたひと……です」

なぎさは研介に出会う前に、理事長に出会っていた。理事長にも、研介と同じ媚薬を服《の》ませた。理事長は研介より一足早く過去の世界に戻り、先生を自分の思いどおりの世界に引き込んでしまった。

これはすでに、現実の世界ではない。現実の悦子先生は、林から聞いた噂どおり、夜の闇の奥深くの世界へと沈んで、薬物で身も心も滅ぼされたすえに、死んだ。

理事長も、悦子先生が教壇を追われてほどなくS学院から追放された。その後はいくつかの事業に手を出したものの、ことごとく失敗してしまった。二年前に、妻――悦子先生の母親も、理事長のもとを去った。理事長は、財産も地位も、家族まで、それまで自分が築き上げて守り抜こうとしたものをすべて失ってしまったのだ。

なぎさが理事長に声をかけたのは、一週間前だった。

「死ぬつもりだったんです、あのひと。スーツのポケットに遺書を忍ばせて、飛び降り自殺する場所を探して渋谷をさまよっていて……わたしに出会ったんです」

理事長は過去へ舞い戻った。

死ぬつもりだった。悦子先生と二人で。

そして、それは、名前のわからないままだった密告者の生徒への復讐《ふくしゅう》でもあった。

「あなたがナイフで理事長を殺し、先生を殺してしまうことが、理事長の望みでした。二人は絶頂のさなかに心中して、二人を殺したあなたの人生はめちゃくちゃになって……」

なぎさはため息交じりに、舌の付け根から先まで、研介の背中にべったりと押しつけた。

「それが、さっきまであなたが見ていた、理事長に抱かれて悦《よろこ》ぶ先生の姿です」

「ぜんぶ、あの男の妄想なのか……」

「ちょっと違いますね、それ。たしかに理事長が望んだ世界ではあっても、身勝手に、強引に、先生を引きずり込んだわけじゃないんです」

理事長がつくりだした先生の媚態《びたい》は、先生自身が望んでいるものでもあった。

先生は理事長を——義父を求めていた。心よりも体が、理事長に抱かれることを欲して、理事長のペニスに飢えていた。理事長も同じだった。血のつながっていない娘の体を求め、心を独占しようと望み、だからこそ生徒に次々に抱かれる先生の姿を思い浮かべては、狂おしいほどにペニスを固くしていたのだった。

「中学生のあなたには、理解できないことだと思います。でも、おとなになったあなたなら、わかるんじゃないですか？　そういう、哀れで悲しい愛し方もあるんだってことが……」

なぎささの舌は、背中から腰に下りていく。研介の乳首をつまんでいた指も、舌の動きに合わせて下腹部に向かう。体の表と裏から快感が染みていく。体の芯が、じん、と痺《しび》れる。

「でも……」研介はうめき声で言った。「先生は、救い出してくれって言ったんだ、俺に」

「そうです」なぎさは軽く笑って応えた。「救い出してほしかったんです、このゆがんだ性の世界から」

「だけど……それは先生も望んでいたわけだろう？」

「ええ、そうです」

じゃあ、なんで——とつづけようとした言葉は、短い叫び声にかき消されてしまった。なぎさの舌が、尻の割れ目に入った。指がペニスに触れた。

「やめろよ……汚いって、そこは……」

「そんなことないです」

舌は割れ目を伝って、肛門に届いた。

「汚いから、やめろ……やめてくれよ、そんなの……」

肛門のひだを覆うように舌が貼りついた。舌の表面のざらざらした感触が伝わる。思わずキュッと肛門を締めたが、それをこじ開けるように舌が中に入ってくる。熱いものが舌から湧いていた。唾液《だえき》なのか。唾液はこんなに熱く、こんなに潤んでいるものなのか。

なぎさは舌を肛門に挿《さ》し入れたまま、ペニスを指でしごきはじめた。下腹部ぜんたいに響き渡るような快感が突き抜ける。強い。深い。いままで味わったことのない快感だった。舌が動く。ひだを巻き込むように肛門を出入りする。潤んでいた。なぎさの唾液のはずなのに、それはまるで研介自身の体の奥から湧いてくる蜜のようにも感じられる。

「どうします？　やめますか、もう」

なぎさは訊いた。答えをあらかじめ知っているような、含み笑いの声だった。研介は奥歯を噛みしめる。そうしていないと、女のようなあえぎ声をあげてしまいそうだった。

「どうします？　やめたほうがいいですか？」

ペニスをしごく指先がわずかに浮いた。ほんのそれだけのことに、たまらないもどかしさを感じてしまう。

「……やめないで、くれ」

うめきながら言って、腰を振る。ペニスを指に押しつけて、こする。

「お尻の穴、汚いですよ。恥ずかしくないいんですか？　いいんですか、こうして、まだ舐めてても」

舌が動く。ひだの一つ一つが花びらのように広がり、そこに唾液が流れ込み、染みていく。

「……嫌だ……嫌なんだけど……やめないで、くれ……」

「もっとしてほしい？」

「してくれ……もっと……」

舌と指の動きがさらに激しくなった。なぎさが笑う。からかうのではなく、勝ち誇るのでもなく、哀れみや嘲りとも違う、研介の体と心を包み込む笑い方だった。

「悦子先生の気持ちや、理事長の気持ち、わかってきました？」

研介は目を固くつぶり、両手で頭を鷲掴みにして、うなずいた。

「おとなのセックスって、哀れで悲しいでしょう？」

「……ああ」

「目を開けてください。自分では確かめること、できなくても……いまのあなたの目、先生と同じですよ」

体の芯でまばゆい光がいくつもはじけた。太股が痙攣《けいれん》するように大きく震えた。睾丸が縮む。ペニスの裏の筋がひきつる。目を開けた。食いしばっていた奥歯を浮かせた。声が漏れる。唾液が口から垂れ落ちる。肛門が内臓と一つになってギュウッと締まる。

射精した。ミルク色の霧の中にほとばしるミルク色の精液を、研介はうつろなまなざしで見つめた。

8

悦子先生と向き合っていた。先生も研介も全裸で、床に横たわる理事長のなきがらのすぐそばに立っていた。

「刺していいのよ、ナイフで」

先生はおだやかに微笑みながら言った。「最初から死ぬつもりだったの、いつかは。もう、こんな生活は嫌だったの」――血の伝った跡が残る乳房を指さして、ここを刺して、と示す。

だが、研介の手にナイフはない。床に刺さったナイフの刃は、全裸の二人の姿をぼうっと映し出している。

「……僕が……理事長を殺したんですか？」

先生は、微笑んだまま、「だいじょうぶよ」と教師の声で言った。「生徒にそんなことさせない、絶対にさせない、わたしだって教師なんだから」

先生が理事長のペニスをえぐり取った。自分の手で、ゆがんだ性の相手を殺した。研介を守ったのではなく、理事長のために――もしかしたら先生自身のために、そうしたのかもしれない。

「でも」先生は教師の声でつづけた。「わたしを殺すのは、研介くんよ。あなたはそのためにここにいるんだから」

違う。それは理事長の妄想で、いまの先生は妄想の中でつくりあげられたひとで、だから、ほんとうの先生は、そんなことを望んではいないし、望んでほしくない、絶対に。

研介はナイフの刃をじっと見つめて言った。

「先生……先生のこと、電話でいろんなところに密告したの、僕なんです。僕が先生を……先生のことを裏切って……僕は裏切り者で……だから、先生に謝りたくて……」

先生はきょとんとしていた。なにも知らない。想像すらできない。研介の密告から始まったほんとうの現実は、すでに消え失せているのだろう。ならば、あとは、理事長のつくりあげた現実から、先生を――救い出さなければならない。

「……なぜ僕を選んだんですか」

「誰でもよかったの。わたしとおとうさんの関係を断ち切ってくれるひとなら、誰でもよかったのよ」

「死にたかったんですか、ほんとうに」

「うん……」

「嘘だ、そんなの」

「嘘じゃないってば。ずっと待ってたの、わたしとおとうさんを楽にしてくれるひとを」

「……死んだら、楽になるんですか」

「このまま生きていくより、ましだと思わない？　血がつながってないっていっても、親子で、こんなこと……やっぱり、おかしいでしょう？　わたしもおとうさんも、おかしいのよ。ひとの道を踏みはずしてるのよ」

研介はかぶりを振って、先生を抱きしめた。

「殺したくないんです」震える声で言った。「僕は……あなたを殺したくはないんです……」

先生は微笑んで、「殺してよ」と返す。「殺してほしいから、わたし、研介くんをここまで連れて来たんだから」

研介は黙って、先生をさらに強く抱きしめた。涙が頰を伝う。

「生きて……ください……」

言葉が、勝手に口からこぼれ落ちた。

先生は研介の手から逃げようと体をよじり、「なんのために」と言った。

「先生のために……」

研介は先生をもう一度抱き寄せる。こわばっていた先生の体から力が抜けたのがわかった。先生の両手も研介の背中に回る。膝がゆっくりとくずおれた。二人して、折り重なるように床に倒れ込んだ。

先生の乳房にむしゃぶりついた。先生は脚を開いて研介の腰を迎え入れ、自分からヴァギナをペニスにすりつけて、泉の中へいざなった。先生は「あぁ……ん」と悦びの声をあげた。研介をじっと見つめるまなざしは、火照《ほて》ったような熱を帯びていた。

＊

包まれている。確かに、それがわかる。

「挿入」という言葉は知っている。だが、その実感はない。ペニスがヴァギナに入っていくというより、ヴァギナに呑み込まれ、包み込まれている、というほうがぴったりくる。

「どう？」

先生の顔がすぐ目の前にある。満足そうに微笑んでいる。

「あわてて動かすと、すぐにイッちゃうから、止まってなさいよ」

教師の口調だ。

「ねえ、ちょっと締めてあげようか」

先生はそう言って、下腹に軽く力を入れた。ペニスが、きゅっ、と絞られる。研介は思わず息を詰めた。腰が勝手に前後に動きそうになるのをこらえていたら、先生に「よく辛抱してるね、えらいわよ」と褒められた。

教師なのだ、このひとは。英語ではなく、もっと大切なことを、いま教えてくれている。

「先生……」

「なに？」

「先生も、気持ちいいんですか？」

ふふっと笑って、「いいわよ」と答える。「研介くんのアレが入ってて、わたし、すごく気持ちいい……」

言葉と一緒に、先生は両手を研介の首に巻き付け、顔を引き込んで、口づけをした。唇が触れあうだけではなかった。先生は舌を入れてきた。研介の舌を舐めて、舌の裏側に自分の舌をもぐり込ませ、なめらかな唾液をからめてくる。

研介も舌を動かした。愛撫《あいぶ》というほど器用なものではない。無我夢中だった。その舌を、先生の唇が吸いとった。前歯で軽く噛まれた。じん、とした痺れが舌の付け根に伝わり、唾液がじゅくじゅくと湧き出てくる。

先生は唇をはずした。二人の交じり合った唾液が透明な糸をひいた。

「気持ちいい？　研介くん」

「……はい」

「どんな感じ？　わたしのあそこ」

「……温かいです」

「研介くんのおちんちんも、すごく温かいわよ」

「わかるんですか？」

「うん、ぜんぶわかるの。わたしのあそこ、いま、すごく喜んでる。研介くんのおちんちんが入ってくれて、うれしい、って」

先生の手は首から肩の後ろに回った。指と手のひらで、円を描くように背中を撫でる。ただそれだけのことなのに、鳥肌が立つほど気持ちよかった。背中の真ん中のくぼみに先生の指が滑り落ちたときには、身震いさえしてしまった。

「セックスってね、男と女のどっちが気持ちいいんだと思う？」

授業中にそれほど難しくない質問をするような、軽い口調で訊かれた。

研介は「さあ……」と答えかけ、「わかりません」と言い直した。

ずっと優等生だったのだ。先生に質問されて答えられないなど考えられなかった。先生たちもそれを期待して、他の生徒が手も足も出ない難しい質問をあえて研介にぶつけ、研介が正解を答えると満足そうにうなずく。

だが、いまは違う。悦子先生の満足そうな笑顔は、他の先生の笑顔とはまったく違う。点数をつけたり評価を下したりするための満足感ではなく、ほんとうに満たされた喜びを浮かべているのだ。

そして、研介は、いま、「わからない」ことがたまらなくうれしかった。教科書にも参考書にも出ていない、問題集を何ページ解き進めてもわからない、そんな世界に、いま、自分は足を踏み出したのだった。

「わからない？」

もう一度訊かれて、今度ははっきりと「わかりません」と答えた。「教えてください、先生……」

先生は両手をまた研介の首に回し、「研介くんも抱いてよ、先生を」と言った。

言われたとおり、研介も先生の首に手を回した。体がすべて密着した。頬をすり合わせ、胸を合わせ、先生は広げていた両脚を研介の腰に巻きつけた。

「答え、教えてあげるね」

声が、全身に染みていく。

「女のほうが気持ちいいの。なんでかっていうとね、女のひとのあそこは、穴だから」

「……穴だと、気持ちいいんですか？」

「だって、そこは、ないんだもん」

「ない、って？」

「空白なの。欠落って、わかる？　欠けてるのよ、穴のところは」

「それを埋めてくれるものを探してるの、女のひとは、みんな」

「……はい」

だから——と、先生はつづけた。

「研介くんはこれからたくさんの女のひとを好きになって、たくさんセックスすると思うの。そのときに、よく見てなさい。あそこが濡れて、ひくひくして、あなたのおちんちんが中に入った瞬間、みんな、すごく幸せそうな顔になるから」

ほんとうよ——と、先生は笑う。体のわずかな揺れも、すべて伝わってくる。

「セックスが気持ちいいとか……クリトリスとかGスポットとか、そんなものが気持ちいいっていうのとは違うの。もっと大きな、深い、快感じゃなくて幸せが、あるの……ぽっかり空いた穴が埋まって、それでやっと満たされるのよ」

不思議だった。先生はヴァギナの話をしているはずなのに、それは、心の話のように聞こえてしまう。

先生は、ヴァギナと心がつながっているのかもしれない。きっとそうだ。だからこそ、心にぽっかりと空いている穴を埋めるために、男のペニスを求めているのかもしれない。そして、ペニスの代わりに、ナイフを求めていたのかもしれない。

そう思うと、急に胸が締めつけられた。先生のうつろなまなざしの底に沈む哀しみが、いまになってじわじわと迫ってくる。

「……先生」

「なに？」

「気持ちいいですか？　ほんとうに」

「すごくいいわよ」

「……幸せですか？」

先生は言葉で答える代わりに、研介に頰ずりをした。濡れていた。冷たくて熱い涙が、先生の頰を伝っていた。

研介は腰を振った。先生のヴァギナの奥へ、奥へ、奥へ、とペニスを突き立てたかった。先生の心に空いている穴をすべて埋め尽くしたかった。

先生があえぐ。

先生が腰を振る。

先生の泉が蜜《みつ》をしたたらせる。

先生が泣く。

先生のヴァギナが締めつけてくる。

先生の心が——歓喜の声をあげた。

*

やっとわかってくれましたね。

ミルク色の霧の世界に、なぎさの声が響き渡る。

あなたはもうだいじょうぶ、おとなです、体も、心も。

なにも見えない。上下左右の感覚もない。自分の体のありかもわからない。ミルク色の霧は研介のすべてを包み込み、凪《な》いだ海の波のように研介のすべてをゆっくりと揺らす。

先生は、どうなったんだ?

研介が訊くと、なぎさは、だいじょうぶですよ、と笑う。

でも、俺は……理事長の妄想の世界から、先生を救い出せなかった……。

だいじょうぶです。

ほんとうに?

ええ……あなたは、先生の心に空いた穴を埋めたんですから……。

霧はさらに濃くなっていく。まるで輪郭を持たない生命体のようにうごめく霧だった。こんな霧に包まれたのは初めてなのに、たまらなく懐かしい感覚もする。

最後に一つだけ、教えてあげます。あなたがもしも二人を殺していたら、あなたはその夜のうちに自殺していました。

理事長が、そう決めてたのか?

いいえ。それはあなたが選んだことです。たとえ逃げても、ビデオテープに残った生徒たちは一人ずつ警察に調べられて、結局あなたは捕まります。理事長が考えていたのはそんな筋書きでも、あなたは、理事長が思っているよりずっと弱くて、ずっと優しい少年だったんです。

だから——と、なぎさはつづけた。

あなたは先生を救って、自分自身も救ったんです。先生に生きていくことを選ばせたあなたは、あなた自身、生きていくことを選んだわけなんです。

霧が濃くなった。もはや「すべて」という感覚すら薄れてきた。体も、心も、霧の中に溶け込んでいく。

ああ――。

研介はため息をついた。懐かしい世界に帰っていくんだ、という気がした。

わたし、思うんです。

なぎさが言った。

心にぽっかりと空いた穴を抱えて生きていくのがつらくなったひとには、二つの道があるんです。一つは、その穴を埋めてくれるものを見つけること。そして、もう一つは、ぜんぶを穴にしちゃうことです。

わかりますか？　と訊かれた。

研介はなにも答えない。声が出ない。いや、それ以前に、「答える」という意識すらなくなっていた。ねっとりとした粘りけを持ちはじめた霧の中、ただ、なぎさの声だけが聞こえる。

すべてが空っぽになってしまえば、もう、一つの穴の空白を気にする必要はなくなります。理事長が望んでいたのは、それ、です。先生も危ないところでした。すべてを空っぽにしたくて、あなたを誘って、あなたを導いて、あなたの手で……。

声がしだいに遠ざかる。入れ替わるように、音とも震えともつかない低い響きが聞こえてくる。どくん、どくん、どくん……。それはいま初めて聞こえてきたのではなく、ずっと以前からそこにあったように、優しく、規則的な拍子《ひょうし》を刻んで、響く。懐かしい。たまらなく懐かしい。

先生は喜んでいますよ、となぎささが言った。あなたが、「生きてほしい」と言ってくれたから……その言葉が、心の中の穴を埋めてくれたから……。

声は、それきり途絶えた。研介自身の「聞く」という意識がなくなってしまったせいかもしれない。

どくん、どくん、どくん、どくん、どくん……。

聞いているのではなく、その響きと一つになって、研介は消える。霧の中に溶け込んでいく。

どくん、どくん、どくん　どくん、どくん、どくん……。

＊

ふと我に返ると、そこは現実の世界だった。ホテルを出て、なぎさと二人で夜の渋谷を歩いていた。

「長い夢でしたね」

なぎさは研介の腕に自分の腕をからめ、「でも、とても大切な夢だったんじゃないですか？」と笑う。研介は、そうだな、とうなずいて、なぎさを見つめた。

「なあ……おまえの媚薬って、なんなんだろうな」

「わかりません、自分では」

「俺、おまえの子宮の中に入ってたんじゃないかな、って……そんな気がするんだ」

「子宮の中に入ったこと、あるんですか？」

なぎさはいたずらっぽく笑った。

「あるさ」研介は真顔で答えた。「記憶には残ってないけど、俺は、おふくろの子宮の中で生まれたんだから。みんなそうだろう？」

ミルク色の霧の中に響いていた、どくん、どくん、という音──あれは子宮の中で胎児が聞く母親の心音だったのかもしれない。「どうなんだ？」と重ねて訊いたが、なぎさは黙って足を止め、腕をするりとほどいた。

「悦子先生のこと、最後に教えてあげますね」

「ああ……」

「先生はいま、カンボジアにいます」

「はあ？」

「カンボジアでボランティアをしながら、子どもたちに勉強を教えてます。もう長いんですよ、あなたが中学三年生に進級するときに学校を辞めて、理事長のもとからも去って、カンボジアに向かったんです」

「じゃあ……俺、ほんとうに……」

「救い出せました、先生を」

なぎさは我が事のようにうれしそうに言って、「よかったですね」と、研介の頬に口づけをした。そして、一歩、二歩とあとずさりながら、さようなら、と手を振った。

「ちょっと待てよ」と手を伸ばして引き留めようとしたとき、背後を通りかかった酔っぱらいと肩がぶつかり、前につんのめって転びそうになった。

視線がはずれたのは一瞬だけ。

だが——。

顔を上げたときには、もう、なぎさの姿は消えていた。

＊

家に帰り着いたのは、十二時を少し回った頃だった。なぎさと一緒にいた時間が、きれいに抜け落ちている。

あれはすべて幻だったのか——？

そんなはずはないだろう、とリビングに入ると、ネグリジェ姿の翔子が「お帰りなさい」と迎えた。

「まだ起きてたのか……」

「うん、だって……やっぱりね、夫婦なんだし……」

翔子は寂しそうに微笑む。現実の世界にほんとうに戻ってきたんだな、とあらためて実感した。思いどおりにならない自分のペニスと、恐怖心しか呼び起こさない新妻のヴァギナ——ため息をついてソファーに座ると、翔子は「あ、そうだ」と研介を振り向いた。

「どうした？」と返す研介は、つい翔子から目をそらしてしまう。翔子の声も「ううん……ごめん、なんでもない……」と沈む。

研介は唇を噛んだ。なにひとつ変わっていない。あなた自身の現実は変えられない、となぎさは言っていた。だが、このままではいたくない。なにかを――「現実」ではない、もっと根っこのところにある大切なものを、変えることはできないのか……。

「服、着替えてくるよ」と、逃げるように寝室に向かった。窓際に設けた二畳ほどの書斎コーナーに入り、パソコンで新聞記事を検索した。一週間前、正確に言えば六日前の朝刊に、小さな記事が出ていた。会社経営者が飛び降り自殺――S学院の名前が出ていなかったので見過ごしていたが、それは確かに理事長の死を伝える記事だった。

遺書によると、理事長は、自分の生命保険金で負債を返済するつもりだったらしい。悦子先生の名前は記事のどこにも出ていない。義理の娘とのゆがんだ関係を最後まで胸の奥に秘めたまま、あの男は死んだ。死ぬ前になぎさに会って、過去に戻って、自分の妄想に先生を巻き込んで心中を果たして……それが、あの男にとっては先生を「救い出す」ということだったのだろう。かなしい男だった。かなしい二人だった。「悲」よりも「哀」のほうがふさわしい「かなしさ」を、心の底が揺さぶられるほど強く実感した。

寝室のドアが開く。翔子は戸口に立って、さっき言いかけてやめた言葉を口にした。

「今度の日曜日、お父さんとお母さんが、ウチに遊びに来なさい、って……取引先のひとも呼んでバーベキューやるから、あなたをみんなにも紹介したいみたいなの」

研介はパソコンの画面を見つめたまま、ぽつりと言った。

「……引っ越そうか、ここ」

「え？」

「狭いマンションでも、アパートでもいいから、俺の給料でやっていけるところに引っ越そう」

「そんなの、お父さんが許さないわよ」

「いいんだ、許してもらわなくたって。俺とおまえの人生なんだから」

「でも、そんなことしちゃうと、お父さんもお母さんも、絶対にいろんなルート使って、あなたの仕事にも……」

翔子の震える声をさえぎって、「だったら辞表を出すさ」と言った。

本気だった。生きていきたかった。翔子と二人で。愛するひとに、うつろなまなざしで虚空を見つめさせてはいけない。まなざしには温もりと厚みがなければいけない。それが「生きている」ということで、そこへ愛するひとを連れていくことが自分の務めなんだ、と思った。

「貧乏するかもしれないけど……俺、決めたから」

翔子は黙って、あいまいにうなずいた。まだ研介の覚悟がはっきりとは伝わっていないのかもしれない。伝わった瞬間、逆に「そんなの嫌よ」と言いだすかもしれない。それでもいい。ゆっくりと時間をかけて、まだ始まったばかりの夫婦の日々を歩んでいければいい。もう揺るがない。悦子先生が見守ってくれている。

「寝酒、一杯だけ飲みたいんだけど、付き合わないか」

翔子は少し間をおいて、「いいわよ」と応え、キッチンに向かった。

リビングのソファーに戻った研介は、夕刊を開き、思わず声をあげそうになった。

せんせい――。

懐かしいひとが、ついさっきまで抱き合っていたひとが、粒子の粗い写真の中で笑っていた。

カンボジアで学校をつくったNGOの地道な活動を称える記事だった。悦子先生もいる。髪を短く切って、あの頃よりちょっと太って、子どもたちに囲まれて幸せそうだった。

記者の取材に応えて、先生は言っていた。

〈子どもたちの瞳のキラキラした輝きに励まされながら、がんばっています〉

その言葉を目にした瞬間、涙がどっとあふれた。

ウイスキーの水割りを持ってきた翔子が、「どうしたの？」と怪訝《けげん》そうに顔を覗き込む。

今度はもう目をそらさなかった。翔子のまなざしの底にも、哀しさがある——初めてそれに気づくと、胸が突き上げられるような愛おしさを感じた。

黙って翔子を抱き寄せる。ペニスが熱く、固くなっていく。

目をつぶる。悦子先生が「研介くん、しっかり」と笑っていた。

SHOGAKUKAN BUNKO

好評新刊

クロサギ

夏原 武／著　協力／黒丸

「クロサギ」映画化記念企画！　漫画とも映画ともひと味違う、オリジナルノベライズ！

黄金旅風

飯嶋和一

歴史小説の巨人・飯嶋和一が描く、史上最大の朱印船貿易家・末次平左衛門の迫力の生涯！　待望の文庫版。

続・藩医　宮坂涼庵

和田はつ子

宮坂涼庵・ゆみえと藩を我がものにしようとする家老との戦いは、藩の行ってきた闇の所業を暴くことになった！

柳家小三治の落語2

柳家小三治

TBS「落語研究会」から「子別れ」(上)(中)(下)など名演八席。最高峰の名人による〝読む落語〟の決定版・続編。

今日の私が最高だ！

大田仁史

上手にがんばる。すると、気楽に歳をとれる。体操指導で有名な整形外科医が教える晩年の過ごし方。

〈なぎさの媚薬2〉追憶の課外授業

重松　清

「先生……先生を救い出したら、僕にもごほうびをくれますか？」心もカラダも熱くなる、シゲマツ官能小説の傑作。

SHOGAKUKAN BUNKO

好評新刊

錬金《シノギ》の帝王

溝口　敦

バブル時代の地上げから始まり、株、乗っ取りにまで暗躍した経済ヤクザの生き様を描くピカレスクロマン。

大相撲人間おもしろ画鑑

半藤一利

野見宿禰、大童山、玉ノ海、織田信長、夏目漱石――。大の相撲ファンが、自身の思い出を交え、軽妙に綴る人物譚。

元サラ金マン懺悔の告白 実録「取り立て屋」稼業

杉本哲之

取り立てはゲーム感覚だった――。元消費者金融社員の生々しい体験談。そこから回収屋に負けないすべが見えてくる。

ホット・キッド

エルモア・レナード
高見　浩／訳

早撃ち名手の執行官補カールとアウトローのジャック。裕福な家庭に育ったふたりの〝キッド〟が対決へと向かう。

ミシン

嶽本野ばら

いちばん好きだった人の思い出がよみがえる――。嶽本野ばらのベストセラーデビュー作、待望の文庫化。

もしも私が、そこにいるならば

片山恭一

一瞬のような一生。一生のような一瞬。『世界の中心で、愛をさけぶ』につながる3つの愛の物語。

SHOGAKUKAN BUNKO

好評新刊

さくら
西 加奈子
ニュータウンに住む幸せな家族の風景が、ある日、一変した。26万部突破のロングセラー、文庫化。

相田みつを いのちのことば
育てたように子は育つ
相田みつを／書
佐々木正美／著
相田みつをの書と児童精神科医の文章による、子育ての本。すべての親と子へ贈る《心のくすり》――。

口中医桂助事件帖
想いやなぎ
和田はつ子
将軍家定の歯の治療を直々に行う桂助。一方、鋼次や志保、妹のお房が次々と狙われる。人気シリーズ第6弾！

〈なぎさの媚薬1〉
海の見えるホテル
重松 清
フォークダンスでときめいたあの頃に戻りたい……こんなにもせつなくて甘酸っぱい官能小説、あっただろうか？

繁殖
仙川 環
幼稚園で起きたカドミウム中毒事件。毒を盛ったのは誰か？『感染』、『転生』に続く医療ミステリー第3弾！

自選短篇集 歴史ミステリー編
天正十二年のクローディアス
井沢元彦
史実に秘められた謎を解き明かす――数多くの傑作歴史ミステリーの中から著者自らが厳選した待望の一冊。

SHOGAKUKAN BUNKO

好評新刊

柳家小三治の落語1

柳家小三治

TBSテレビ「落語研究会」の口演から厳選した珠玉の8席。当代最高峰の名人による〝読む落語〟の決定版。

国芳一門浮世絵草紙2 あだ惚れ

河治和香

想いを寄せても、ままならないのが人の心……。シリーズ第1作『侠風むすめ』が絶賛された、注目の第2弾！

ビネツ—美熱—

永井するみ

青山の高級エステサロンを舞台に、美容業界に係わる人間たちの愛憎を克明に描き出した〈美的ミステリー〉！

〈阿佐田哲也コレクション2〉ばいにんぶるーす

阿佐田哲也

競輪、ルーレット、チンチロリン、闘犬、に〝誰が死ぬか〟まで——。賭け続ける男たちの果てしなき戦いの譜。

一休さんの般若心経

西村惠信／監修
佐藤健三／写真

一休禅師は般若心経の解説書を残していた！　その解釈をやさしい現代語に訳して、石仏の写真とともに紹介。

ハートシェイプト・ボックス

ジョー・ヒル
白石　朗／訳

ネット・オークションで落としたものに憑いてきた幽霊……。アメリカン・モダンホラーに新星誕生！

SHOGAKUKAN BUNKO

好評新刊

ベオウルフ　呪われし勇者

ケイトリン・R・キアナン
倉田真木／訳

07年12月1日から全国ロードショー公開される、壮大なアクション・ファンタジー映画のノベライズ！

いま、会いにゆきます

市川拓司

「きっと、大切な人に会いにゆきたくなる」。100万人を超える読者から支持された大ベストセラー、待望の文庫化。

間宮兄弟

江國香織

女性にはもてないが、人生を心豊かに生きる術は知る兄弟。繊細な男心を描いて映画化でも話題になった作品。

100回泣くこと

中村航

風が吹いて、愛が残った……。精緻にしてキュート、清冽で伸びやか。10万部突破のロングセラー、文庫化。

読み忘れ三国志

荒俣宏

稀代の深読みの達人が、英雄譚に描かれた歴史・人物・宗教観などの数々のエッセンスを、鮮やかに甦らせる。

東京坊ちゃん

林望

幻燈会、お化け煙突、チャンバラごっこ。誰もが郷愁をそそられる「あのころ」を描く、リンボウ先生の自伝的小説。

――本書のプロフィール――

本書は、二〇〇四年七月に刊行された単行本『なぎさの媚薬――敦夫の青春　研介の青春』（小社刊）を分冊して文庫化したものです。

シンボルマークは、中国古代・殷代の金石文字です。宝物の代わりであった貝を運ぶ職掌を表わしています。当文庫はこれを、右手に「知識」左手に「勇気」を運ぶ者として図案化しました。

――「小学館文庫」の文字づかいについて――

- 文字表記については、できる限り原文を尊重しました。
- 口語文については、現代仮名づかいに改めました。
- 文語文については、旧仮名づかいを用いました。
- 常用漢字表外の漢字・音訓も用い、難解な漢字には振り仮名を付けました。
- 極端な当て字、代名詞、副詞、接続詞などのうち、原文を損なうおそれが少ないものは、仮名に改めました。

なぎさの媚薬 2 追憶の課外授業

著者 重松 清(しげまつ きよし)

二〇〇八年二月十一日　初版第一刷発行

発行人──秋山修一郎
発行所──株式会社 小学館
〒一〇一-八〇〇一
東京都千代田区一ツ橋二-三-一
電話
　編集〇三-三二三〇-五九五一
　販売〇三-五二八一-三五五五

印刷所──凸版印刷株式会社

©Kiyoshi Shigematsu 2008 Printed in Japan

ISBN978-4-09-408249-4

造本には十分注意しておりますが、万一、落丁・乱丁などの不良品がありましたら、「制作局」☎〇一二〇-三三六-三四〇)あてにお送りください。送料小社負担にてお取り替えいたします。(電話受付は土・日・祝日を除く九時三〇分～一七時三〇分までになります)
本書の無断での複写(コピー)、上演、放送等の二次使用、翻案等は、著作権法上の例外を除き禁じられています。本書の電子データ化などの無断複製は著作権法上の例外を除き禁じられています。代行業者等の第三者による本書の電子的複製も認められておりません。

R〈日本複写権センター委託出版物〉
本書の全部または一部を無断で複写(コピー)することは、著作権法上での例外を除き禁じられています。本書からの複写を希望される場合は、日本複写権センター(☎〇三-三四〇一-二三八一)にご連絡ください。

小学館文庫

この文庫の詳しい内容はインターネットで
24時間ご覧になれます。また、ネットを通じ
書店あるいは宅急便ですぐご購入できます。
アドレス　URL http://www.shogakukan.co.jp